魔豆

魔豆

傭兵公主

vol. 6 破曉之光〔完〕

香草／著

傭兵公主 vol.6

目錄

登場人物介紹

利馬．安多克
第三分隊隊長，平民出身。大剌剌的個性，看起來總是一副隨性的模樣。平時最喜歡作弄西維亞、亂揉她的頭髮。

西維亞．菲利克斯
菲利克斯帝國四公主。有著遺傳自母親的美貌，卻散發一股劍士的凜然氣質。擁有特異的直覺與女神賜予的誕生禮……

多提亞．帝多
帝多家族次子，皇家騎士團第二分隊隊長。散發知性優雅的氣質，溫和而穩重。腹黑屬性，笑容的燦爛度往往與心情成反比。

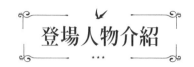

伊里亞德．諾林
「創神」傭兵團的團長。
個性像貓科動物般，是個渾身散發著神祕氣息的頂級美男。
稱呼西維亞為「小貓咪」，似乎特別喜歡逗弄她……
卡萊爾
叛亂組織的首領，他的出身似乎與西維亞公主頗有淵源……
是個溫柔和藹、好相處的人，笑容帶著點孩子氣，最大的嗜好就是在路上胡亂撿同伴。
夏爾
年齡僅14歲的可愛少年，妮娜魔法店的學徒。神經大條，行動總是慌慌張張又經常闖禍，標準的衰運纏身冒失鬼一名。

楔子

自從發生了四公主西維亞的行刺事件以後，性情大變的國王傑羅德再也不復以往的溫和穩重。不單下令拘捕驍勇善戰的二公主，就連受到咒術反噬而病入膏肓、生死未知的三公主也無法逃過身陷囹圄的下場。現在國王的四名女兒中，除了遠嫁史賓社公國的長公主外，其他三名公主竟不是逃亡，便是被囚禁著。

而最驚人的，則是二公主麾下最強、最忠誠的戰力——皇家騎士團第四分隊，以及駐守於邊境的精兵，竟然在國王的命令下，向本來同樣忠於二公主的同僚進行突襲。二公主正是被自己一手提攜、最得力也最信任的助手卡利安·帝多所親自逮捕！這世上只怕再也沒有比這更諷刺的事情了。

有些人認爲是一直隱忍著猙獰的國王終於展露出他的獠牙，也有人認爲國王的失常，是因遭最疼愛的四公主的刺殺而大受打擊所致。一時間帝國內暗潮洶湧，不少利慾薰心的權貴乘著王族內鬥這個大好機會拚命吸納二、三公主的資產，來壯大自己的家族，一些聰明人卻是持審慎的態度觀望，以致出現小貴族鬧翻天了，大家族卻不阻止也不打壓，逕自冷眼旁觀的混亂狀況。

卡利安的背叛實在太令人震驚，以致於這名年輕貴族一時間成爲公眾焦點。身爲叛徒的卡利安，同時亦被公認爲是傑羅德的心腹。青年爲了國王忍辱負重，潛伏於二殿下身邊十多年的間諜故事，更成爲吟遊詩人間炙手可熱的題材。

民眾對這位大家族出身的年輕伯爵評價不一。有的人認爲青年心太狠，做事不留絲毫情分。這種人作爲敵人固然讓人畏懼，然而作爲同伴則更讓人心寒。

有些人則認爲青年忠於國王是大義所在，年紀輕輕便能獲得二公主的信任，從而步步爲營地當了十多年臥底，是心性堅定的可造之材，其出色的表現絕對值得世人鼓掌。

眾人茶餘飯後的話題——卡利安，此刻正以緩慢卻堅定的步伐，往位於城堡地底的牢獄走去。這個暗無天日的地牢囚禁著國家級罪犯，有窮凶惡極的殺人犯、有通敵叛國的貴族、有殺人如麻的強盜……在這裡，身分再也不是犯人的依靠，無論是低賤的奴隸還是高貴如王族都將被一視同仁地對待。

長期缺乏陽光照射，再加上惡劣的環境衛生，令這廣闊的地下空間充斥著令人作嘔的惡臭。刑訊室厚重的石門後，更透出陣陣濃烈的血腥味。慘叫聲、討饒聲以及呻吟聲不絕於耳，令人彷如置身於地獄。然而卡利安這位自小養尊處優的貴族，卻僅僅只是不悅地皺起眉，前進的步伐沒有絲毫退縮，堅定地往地牢深處走去。

終於，卡利安越過重重守衛後，在位於盡頭的牢房前停下了腳步，鏡片後的祖母綠眸子泛起冰冷的光芒，毫無感情地注視著躺臥在地板上的女子。

察覺到男子的腳步聲而驚醒，女子霍地抬起頭，陰暗中，一雙紫藍眸子發出幽幽的亮光，就像頭隱藏於陰影中、隨時準備擇人而噬的惡狼。

污穢不堪的灰塵遮掩了女子真實的容顏，雖然她身上並沒有如其他犯人般，遭受酷刑所留下的傷痕，可是在這惡劣的生活環境以及有一餐沒一餐的狀況下，女子的身體還是虛弱得幾乎連坐起來的力氣也沒有。

看到女子醒了過來，卡利安立即彎腰行禮：「二殿下。」

男子的神情很恭敬，恭敬得簡直與和二公主撕破臉前的態度無異。然而，此刻青年敬畏的神情卻再也取悅不了對方，只讓她感到無盡的諷刺、憤怒以及屈辱！

「你還有臉出現在我面前？」女子嗓音沙啞，還夾雜著猶如風箱漏氣般的雜音。乾燥的唇瓣因爲說話的動作而扯裂，滲出點點艷紅的血珠。怨毒的眼神令人心塞，若不是兩人間隔著堅固的鐵欄，只怕女子已用著僅剩的力氣撲過去了。

「看到殿下那麼有精神，我就放心了。」青年一張充滿傲氣的俊臉木無表情，沒有絲毫出賣上司的羞愧或被責難的惱怒。這種徹底無視的神態，讓青年身旁全神警戒的守衛不禁產生一種錯覺，彷彿此刻躺伏在伯爵大人面前的，並不是曾經高高在上的二殿下，只是頭不知死活朝獵人齜牙咧嘴的惡狼！

女子瘋狂大笑：「放心！怎會不放心呢？本公主被困在這兒只怕插翅也難飛了，你還有什麼不放心？」

卡利安既沒有反駁，也沒制止對方的瘋狂，只好整以暇地站著，冷冷說道：「此次除了特意前來探訪二殿下，還有就是要告訴殿下一個好消息。」

「受到咒術反噬的三殿下今早與世長辭，已返回星辰的懷抱。」

充滿恨意的大笑聲倏地靜止，二公主不可置信地瞪著老神在在的卡利安，一時間心情複雜。

與那名狠毒的三公主鬥了那麼多年，兩人早已是不死不休的關係。二公主不止一次幻想著殺死對方的情境，每次一想到這個討厭的女人充滿恨意斷氣時的模樣，她便禁不住興奮得渾身顫抖。

然而，此刻聽到三公主逝世的消息，她卻完全高興不起來。並不是因為仍有手足之情，而是對方的下場對她這個身陷囹圄的王族來說，無疑是前車之鑑，這讓她遍體生寒之餘，看著卡利安的眼神就更加怨毒了。

不甘心啊！囂張地過了半輩子，眼看父王已被她們召喚的靈體控制，只差將那個老是阻礙著自己的賤人除去，就可以獲得她覬覦已久的王位。偏偏正是眼前的青年、這個她一直視為心腹、信任培養的下屬，出賣了她，害她淪落至如此境地。

直至對方攤牌的那一刻，她才驚覺到手下最強悍、一直以此為榮的士兵們所效忠的人竟不是自己，而是副手卡利安！這讓一向自視甚高的二公主情何以堪？

「你這個忘恩負義的東西！這些年來我對你屢屢提拔，你卻這樣回報我？你以為攀上一個死靈的大腿便很了不起嗎？你知道它並不是真正的國王，為了保密，總有一天你會落得與我們相同的下場！」

聽到二公主的咒罵，卡利安搖首笑道：「這點不用殿下費心。不過，二殿下妳真是天真得可愛，要是我所跟隨的人換成了三殿下，只怕早就猜到所有事情都是由我一手策劃、並在眾人背後推波助瀾的吧？」

「什麼意思？」

「是我聯絡上暗黑神教的人，是我奪取獸族的『時之刻』，建議把傭兵當作祭品的人也是我……早在跟隨殿下以前，我已是暗黑之神的下屬了。」

「暗黑之神!?那不只是個封印在遺跡的亡靈嗎?你……你從一開始就在騙我們?你所效忠的人，從一開始就是暗黑之神?」本以爲卡利安是在咒術遭到反噬、靈體失去控制後才被死靈收賣，想不到這個男人竟然從未眞心服從過自己！即使臉上滿布灰塵，也不難看見二公主臉也氣青了。

「殿下，妳想知道眞相嗎?」青年彎下腰，小聲在貼著鐵欄而坐的二公主耳畔說道：「我所效忠的對象一直都是……」

聽到卡利安以輕柔的語調低聲道出的名字，二公主神色一震，正想說話，一把鋒利的匕首已越過鐵欄的空隙，插在她掛在右耳的誕生禮——一枚充滿殺戮氣息的寶石耳環上！

隨著與守護神的聯繫被切斷，倒在地上的女子一雙紫藍眸子透出驚懼與絕望，大張著的嘴卻說不出一個完整的字！誕生禮被毀，對王族來說幾乎是致命的傷害，神力瞬間暴走，讓這個素有殘暴嗜殺之名、手上沾染無數血腥的二公主一身武技、修爲被廢，甚至還將落下一身病根，也許餘生也只能在病床上度過了。

在卡利安動手的瞬間，一旁的守衛瞳孔猛然收縮，卻沒上前阻止對方下殺手。

顯然在青年出現前，他們早已收到來自上頭的相關指示。

沒有再看地上的女子一眼，青年雲淡風輕得就像剛才只是掐死了一隻蟲子。

「好好看管著她。」

「是！伯爵大人！」

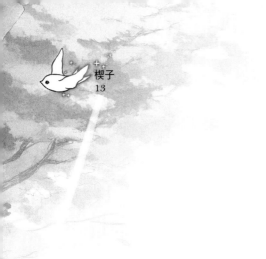

ch.1 返回王城

在精靈森林與族人們度過一段悠閒的時光後，爲了趕在豐收祭前回到王城，我不得不強忍著不捨，告別了精靈族。

這段短短時間裡，我過著無比愜意的生活，大家都很寵我，雖然我沒有選擇成爲精靈族的一員，然而精靈們仍是把我視爲小公主般呵護疼愛，並沒有因此心生不悅。

精靈族崇尚自然，在生活中，處處顯露出與大自然的調和，令我這個自小生活在物質世界的王族感慨良多，從中更獲得不少領悟。

如此短暫的相處，卻讓我打從心底喜歡上精靈族這個美麗、優雅、和平，卻又異常護短的種族，分別時不免流露出濃濃的不捨之情。

這次返回王城，精靈王亞德斯里恩特意下令解除了一個連接王城的傳送陣的封印。聽說這些被封印著的傳送陣在精靈森林裡還有好幾個，全都是伊里亞德用來偷情……咳！用來方便出入所創造，可惜卻被精靈族以安全爲由封印了起來。

對此，團長大人忿忿不平地告訴我，這些傳送陣與我們慣常使用的傳送陣原理不同，所使用的「原料」並不是晶石，而是純粹的闇系魔力。世界上能夠使用這些傳送陣的人也只有他與妮娜，還有那位繼承暗黑之力的神祇而已。

傳送陣被封印時，暗黑之神還被封印著，與母后關係不錯的雙胞胎自然不會對精靈族有所不利，因此所謂的安全理由根本不成立。對此，伊里亞德以很肯定的語調作出總結：「這是嫉妒！是對受到美人所熱愛、英俊瀟灑的我赤裸裸的嫉妒！」

團長大人的一番話，立即引來精靈族的集體白眼。

曾有過一次進入闇系傳送門的不快經歷，我滿臉質疑地看著這道熟悉無比、位處傳送陣正中位置的魔法門，腦海裡不由自主地回憶起不久前才被這種闇系傳送陣折騰得半死不活的經驗。

看到我的表情，妮娜「嗤」地笑了出來：「小丫頭，妳不用苦著臉，這道傳送門雖然看起來挺詭異的，可是以傳送陣來說，無論是穩定還是準確度都是一等一。畢竟傳送門的詭異外觀是伊里亞德的品味嘛！我們就將就一下吧！」

男子聞言挑了挑眉：「我的品味不用妳操心，硬是用魔法維持年輕、不知羞恥的老太婆！」

妮娜風情萬種地甩了甩一頭與伊里亞德相似的金紅鬈髮，臉上的燦爛笑容不知爲何令我感到有點心驚。「哎呀！愛美是女人的天性嘛！總比那些明明就是個大男人還裝成小屁孩、不知廉恥裝嫩跟在女人身後、又不敢表白的人好，對吧？我親愛的弟弟。」

妮娜的話一出，伊里亞德的眼神也變得冷冽起來，令人不得不感嘆他們眞不愧是雙胞胎，就連散發出的殺氣也如此類似……

喂喂喂！你們現在說的話太超過了吧？無論是「年齡」還是「感情」，對這兩人來說都是超級敏感的話題啊！

回想起來，這對雙胞胎針鋒相對的機率實在高得嚇人，不知情的人還會以爲他們有仇。也難怪別人都說愈是親密相熟的人便愈是能肆無忌憚地說話，我總算見識到了。

「別吵架！」眼看伊里亞德張了張嘴、一副準備反脣相譏的架勢，我立即衝在雙胞胎之間做出「暫停」的手勢。

雙胞胎同時一愣，最先反應過來的多提亞，寵溺地揉了揉我的短髮，微笑著補上最後一擊：「看小維多懂事。你們都是『幾百歲的人』了，也是時候學懂什麼叫作修養，不然會被人說是『爲老不尊』的。」

故意的！多提亞一定是故意的！青年這「善意的阻勸」，比任何狠話都還要狠辣啊！

一旁的精靈卻是對雙胞胎的內鬨露出習以為常的神情，較為年輕的精靈們甚至還笑嘻嘻的。「小公主不用緊張啦！他們每次見面總要唇槍舌劍一番，這也不是什麼新鮮事了。」

我苦笑著搔了搔臉：「我知道，可是看到他們吵架，我實在無法坐視不理。」

聽到我的回答，精靈們看著我的眼神瞬間變得柔和。看到我疑惑的神情，大長老呵呵地笑道：「卡洛琳殿下也曾這麼說過。雖然小公主的性格與殿下不同，但果然不愧是殿下的女兒啊！」

眾人懷念的目光讓我無奈一笑，有時候我也搞不清楚精靈族對我那麼好，是因為眞的喜歡我，還是單純看在母后的面子才對我特別照顧？

看到我的表情忽然變得黯淡，長老們頓時手足無措起來：「小公主怎麼了？為什麼不高興？」

面對眾人的關心，我卻不知該怎樣回應。心頭想法才剛浮現，便立即如發芽的種子般在心裡紮了根、再也驅除不掉。然而這個問題我卻又不好開口詢問，只能對老人的詢問默然以對。

忽然間地面傳來陣陣震動，隨著「隆隆」響起的聲音，數量可觀的樹人以看起來遲緩、實則並不慢的速度出現在傳送陣四周。一棵棵宏偉的擎天巨木把正午的陽光遮掩住，頓時令氣溫變得涼快不少。

這個壯觀的場面讓所有人震撼了。尤其是人類一方，樹人族對我們來說絕對是稀有物種、是讓人仰望的存在啊！

所謂的仰望並非形容詞，而是實實在在的動詞。除了樹人們那修長的美腿（鬚根）外，無論是雄偉挺拔、高聳入雲的身軀（樹幹），還是那充滿個性的髮型（樹冠），都是讓人仰視得脖子也痠掉的存在，名符其實的「高高在上」啊！

咳！離題了……

身爲侍奉生命之樹的白色使者——克里斯，顯然與樹人們自有一套溝通方法。只見少年就只是呆站在爲首的樹人面前沒有說話，良久卻轉身向眾人解釋道：「樹人們是特地來送別各位人類朋友的。」

心電感應？

雖然對少年是如何與樹溝通這點深感興趣，然而人家特地過來送行，身爲異族橋梁的我還是先放下雜念，一臉老實地走到爲首的樹人面前。

「呃……你好，謝謝你們特地過來送行。」

一秒、兩秒……面前的樹人們就像普通大樹般，沒有任何反應，逕自把根部紮進泥土後便動也不動……

難道這兒的泥土夠肥沃，他們乾脆選擇在這裡席地進餐？

就在我呆呆地想著一些不著邊際的事情時，面前的樹人總算有動作了。伴隨著一陣樹葉擺動的沙沙聲響，樹人垂下一段猶如手臂般的枝葉。長期的禮儀教育令我想也沒多想，便上前與對方握起「手」來。

在手觸及對方枝葉的瞬間，喜歡、不捨、喜悅、期盼等等情緒從心底生起，卻是樹人傳遞給我最眞摯、最直接的心情！

對我的喜歡、對分離的不捨、對相遇的喜悅、對再次相遇的期盼……

我忽然醒悟到剛才的擔憂與委屈有多可笑，即使大家對我這麼好是因爲母后的緣故，難道便代表大家對我的關心、對我的喜愛就是假的了嗎？一想到這裡，我的心情立即豁然開朗。

「謝謝你們！把事情解決後，我會再來精靈森林探望大家的！」我不知道樹人聽不聽得懂人類的語言，可是在我把心裡的話說出來後，卻清晰地感受到從枝葉傳來一股喜悅的情緒，似乎我的心意確確實實傳達給對方了。

不過，話說出來之後我卻又覺得不妥。雖然與精靈族有著母后這層關係在，可是精靈森林畢竟是封閉的區域，我這麼說，倒有種在精靈族的領土自由出入、主客互易的感覺。

想到這裡，我立即亡羊補牢地向現任精靈王亞德斯里恩投以詢問的眼神。

接觸到我的視線，這位一族之王沒有絲毫架子地上前揉了揉我的頭髮，笑道：「這兒是妳的家，哪有孩子在回家時要先詢問別人的？妳儘管回來就是了，我們隨時歡迎。」

精靈王的話讓我感動不已，被人認同的感覺真好！我回以對方一個神采飛揚的燦爛笑容。

「小公主，妳真的不用我們陪妳一起前往王城嗎？」看到我們要啓程了，三長老禁不住滿臉擔心地再次詢問。在眾多長老之中，就數這位性格大剌剌的長老與我最談得來。

「請依照大家先前擬定的戰略，讓精靈族的戰士前往石之崖替獸族掠陣吧！」站在注滿闇元素而發出黑色光芒的傳送陣前，我回首婉拒三長老的好意。「若精靈大軍現身王城，無論真相如何，難免會被有心人利用，一個不小心，便會造成種族衝突。反正有傳送陣在，要是有危險，我一定會向大家求救的！我保證。」

看著正從另一個傳送陣傳送至石之崖的精靈大軍，我不禁有點疑惑。雖說團長大人與獸族的關係不錯（畢竟時之刻就是闇法師送給獸王的），可是也不至於要把傳送陣連接在人家獸族重地「石之崖」吧？

想到精靈族對伊里亞德那「傳送陣是設來偷情」的論點，我不期然想起美麗動人的狐族青年安迪，偷情這個論調也不是不可能啊……

被我再次拒絕，三長老知道再說也無法令我改變主意，只好叮囑道：「好吧！妳這孩子遠比卡洛琳殿下獨立，但就是愛逞強。眞有什麼危險，記得立即讓天鈴鳥通知我們，我族的小公主還輪不到別人欺侮到頭上來！」

三長老一番充滿豪情的話，引得精靈們滿有同感地紛紛點頭。

到底是誰說精靈族是愛好和平的種族啊!?

從精靈森林傳送至「創神」總部只是一瞬間的事，順利傳送至目的地的我們，還很驚喜地發現創神的雙胞胎魔法師——科林與大衛，竟正好身處總部，倒是他們的保母志羅沒待在兩人身邊。似乎志羅也開始懂得放手，讓兩名少年嘗試以自己的力量外出執行任務了呢！

我們的出現同樣爲科林與大衛帶來很大的驚喜，雙方互打過招呼後，兩人便迫不及待地拉著夏爾到一旁聊天了。看到三名魔法師相處融洽，我不由得露出喜悅的微笑。

雖然伊里亞德的節操實在不怎麼樣，設立傳送陣的初衷也惹人懷疑，可是不得不承認這個人的確是個魔法天才！他所研究的傳送陣不單解決了大量消耗晶石的能源問題，傳送的舒適度也比我們所研究的遠距離傳送陣好多了。硬要雞蛋裡挑骨頭的話，就是那道闇元素大門略嫌招搖，其詭異的程度一看便知道不是好東西……

「等等！我曾進入過封印著魔族軍團長的傳送門，當時可沒那麼舒適！」豈止不舒適，簡直折騰得我只剩下半條人命啊！

「卡洛琳心腸軟，起初俘虜那兩人時，本來只想把她們囚禁一陣子，因此我才設置那個連接亞空間的傳送陣。若眞鐵了心想要把她們永久封印的話，自然連出入口都可以省略了，再弄一個傳送陣出來好讓她們有機會逃跑嗎？」伊里亞德理所當然地說道：「既然那個傳送陣不是自用的，弄得那麼舒適做什麼？後來水妖暗算了小黑影，我一怒之下，便乾脆把出口封印起來，小貓咪不說我也把它忘掉了呢！」

利馬是個直性子，聞言立即大表不滿：「話說那個封印也太不可靠了吧？當時就是因爲那傳送門莫名其妙把小維捲進去，我與夏爾才逼不得已留在森林裡等候，結果被小維發現我們沒有依約前往南方與妮可會合，害我們被狠狠罵了一頓！」

我不禁嘴角一抽，你們被罵這是重點嗎？那次我可是差點被魔族幹掉，還要與討厭的卡利安一起行動，更被迫千里迢迢去找魔獸之心！回想起來我都想哭了……

而且我早就在你們混進組織突擊時，從小銀燕的視點中發現你們了，你們被罵可與傳送門無關。

被人質疑魔法造詣的伊里亞德立即不爽道：「所以說騎士就是些四肢發達、頭腦簡單的魔法白痴。魔法師的魔力就像人的指印般人人不同，而且都有所謂的『相容性』與『抗衡性』。一般而言，魔法陣的封印是魔法師以魔力把構成式中某幾個重要的管道聯繫切斷，令魔法陣無法正常運行……」

騎士是不是全都頭腦簡單這點有待商榷，不過利馬騎士長倒是眞的被伊里亞德一番魔法理論弄得一個頭兩個大。見狀，伊里亞德的嘴角勾起了惡劣的笑容，繼續滔滔不絕地說道：「『時之刻』是由我所創造、並借予凱柏納斯的魔法道具，指環自然蘊含著我的魔力氣息。很遺憾我是法師卻不是預言者，當年在設立封印時又怎會預知二十年後會有持著時之刻的人剛好路過傳送陣，給了珍珠機會，以殘餘的魔力把人召喚進去？」

女神大人涼涼補上一句：「**而且正常人看到忽然出現、浮現著不祥氣息的闇系傳送門，基本上是不會想要走進去的吧？**」

也就是說我的反應不正常嗎？不過仔細想想卻又無法反駁，憋悶啊……

當時我就是直覺沒有危險，沒有多想便闖進去了。從小我那奇妙的第六感從未出錯過，想想倒也奇妙。女神大人曾告訴我，我的體內蘊含著一絲很微弱、很微弱的神力，我不知道那神奇的直覺是否與這絲承繼自母后的神力有關，但至少這直覺從未出錯，能夠幫得上忙便好了。

至於在黑暗中那令人驚歎的夜視能力，妮娜說這是闇系體質的特點。她和伊里亞德也與我一樣，能夠在全無光線的環境中視物，卻無法像我一般看見空氣中的魔法元素。

能夠看見魔法元素這種特異的能力，也許是由於我在嬰兒時期曾被暗黑之神攻擊有關，當時我雖沒被攻擊命中，但初生嬰兒是有著無限可能性的、最「純粹」的生命體，身體吸收掉作爲攻擊餘波的魔法元素並不足爲奇。我能夠看到魔法元素，也許便是當初的闇元素改變了體質，再加上精靈血脈逐漸覺醒所衍生的效果（畢竟小時候的我從沒這方面的天賦，很有可能是因爲精靈血脈尚未覺醒的關係）。

然而事實是否眞的如同猜測般就不得而知了。不是每個小嬰兒都「有幸」受到神祇的攻擊，更遑論這嬰兒還要是人類與精靈的混血了。

可惜當我在血脈覺醒儀式上選擇了成爲人類以後，這種天賦正逐漸減弱，也許有一天我便會變成一個只有夜視力好一點點的普通人類了吧？

看到我嚴重恍神，多提亞露出溫煦的笑容詢問：「在想什麼？」

「也沒什麼，就是有點懷念。先前從南方回來時倒不覺得什麼，現在卻覺得自己已離家很久很久，看到這熟悉的環境，竟有種彷如隔世的感覺。多提亞你還記得嗎？小時候你還說長大以後要成爲我的守護騎士呢！可惜我卻把成人禮蹺掉了。」

菲利克斯帝國的直系王族擁有於成人禮上任命守護騎士的權利。所謂的守護騎士是以自身的榮耀與性命起誓、一生一世效忠於該名王族的守護者，該王族成員也會對守護騎士予以百分之百的信任。對於所有效忠王室的騎士來說，被選上成爲守護騎士是至高無上的榮耀。

這讓我不由得想起當年二王姊舉行成年禮時，本是想讓卡利安成爲她的守護騎士。其實仔細一想，王姊這個要求有點冒犯了守護騎士的規條，因為當時身為軍官的卡利安並不是正式的騎士，根本就不符合守護騎士的條件。不過從二王姊的堅持可以看出她到底有多欣賞卡利安，可惜這個提案竟被卡利安本人所婉拒了。當時惱羞成怒的二王姊還曾因為卡利安的恃寵而驕而狠狠打壓他一段時間，若不是帝多家族的背景夠硬，再加上青年的實力著實出色，說不定那傢伙早就被二王姊弄死了，也不會發生往後這許許多多的事情。

至今我仍舊想不明白，以卡利安的心機又怎會允許這種事情發生？成為二王姊的守護騎士不單沒有絲毫壞處，更能令當時只是個小小副官的青年身價水漲船高，何樂而不為呢？

想不到答案，我便很乾脆地放棄猜想了。畢竟瘋犬的想法並不是正常人所能猜度的，何苦繼續與自己的腦細胞過不去？

聽到我對成人禮的感慨，多提亞爾雅一笑：「對呢！真的很可惜，我本已做好成為維妳的守護騎士的準備了。」

青年的笑容一如往常般優雅迷人，卻透露出一種淡淡的、化不開的愁緒。此刻的多提亞有著一股說不出的魅力，就像磁石般吸引眾人的視線，即使是伊里亞德這個禍水級別的美男子，在這瞬間竟也略遜一籌。

這就是所謂的貴族氣質吧？生於帝多這個古老的貴族家庭，多提亞的等級比尋常貴族不止高出一星半點，這種魅力與氣度並不是擁有財力或權勢便能夠模仿的，而是經過了數十代的沉澱、流淌於血脈裡的尊貴與驕傲。

看到多提亞這種表情，利馬眉頭一皺，忽然一把拉住我的手臂，便將我往一旁的會客室裡拖：「小維，我有話要說。」

利馬的力氣本就比我大得多，加上在我完全沒防備之下，整個人根本就是被他拖著走，不禁生出一種正要被人拉進後巷殺人滅口、毀屍滅跡的感覺。

當然，我知道利馬絕不會做出任何對我不利的事，因此在驚訝過後，就苦笑著放鬆身體任由青年把我拖著走。

一向大剌剌的利馬展現出難得的謹慎，將我拖進會客室後立即將門上鎖，甚至還東張西望了好一會，直至確認沒人跟過來偷聽後，才一臉認真地把視線投放在我身上。

看利馬表情這麼認真，我也不由得把笑容收起，一臉嚴肅地等待青年開口。

彎下腰、雙手按在我的臂膀上，利馬艱難地張口道：「小維，妳……」

看到青年一副猶豫不決的神情，我不由得猜測道：「你賭錢輸了，想借錢？」

「不是……」

「那就是看上奈娜，想要我幫忙牽紅線？」那嚴肅的神情，難道「情商」只有負分的利馬終於開竅了嗎？

利馬臉上一紅：「喂喂……」

「猜錯了？」我歪頭想了想，隨即恍然大悟地一拍手：「你該不會對伊里亞德……」

利馬立即露出大受打擊的神情，斬釘截鐵地澄清：「不可能！」

有點失望地「喔」了聲，我隨即危險地瞇起眼睛：「你該不會是想要打我的主意吧？」

說話的同時，我的右腳已蓄勢待發，只要利馬有任何異動便立即舉腿廢了他！

一句話嚇得騎士長立即舉起按在我肩膀的雙手、並滿臉慌張地連退十步：「不不不！絕對不是！」

看對方都快被我弄哭了，我也不再逗他，掩嘴笑道：「到底怎麼了？」

哀怨地看了我一眼，利馬假咳了聲，板起臉後很嚴肅地詢問：「小維，妳老實告訴我，妳喜歡多提亞嗎？」

「怎麼忽然間這麼問？」我當然不會天眞地把利馬口中的「喜歡」想成朋友之間的單純友誼，但也許是因爲彼此太熟悉了，因此利馬如此直白地詢問我對多提亞的感情時，我倒不覺得有多不好意思，只奇怪對方爲什麼忽然談起這個話題。

一向很寵我的利馬，這次卻沒有如願地給予我想要的答案，只很認眞地重申：「妳先把答案告訴我，這很重要。」

青年的嚴肅感染了我，雖然滿腹疑團，可我還是很認眞地整理一下對多提亞的感覺：「我不知道……我這麼說並不是想要敷衍你，該怎麼說呢……自小與多提亞一起長大，我反而難以定位大家的關係。我很喜歡多提亞，也認爲將來能夠成爲他的妻子會是很幸福的事，可是我不清楚這到底是男女之情，還是只因爲多提亞自小寵我、疼我而引起的依賴感。我們都還年輕，這種事順其自然就好了，爲什麼一定要在這時候把它弄清呢？」

利馬嘆了口氣：「我也不想那麼早逼妳表態，只是……小維，我就直說吧！多提亞很喜歡妳，不止是單純對『妹妹』的喜歡。」

其實一直以來我也隱隱約約感覺到多提亞對我的好，早已超出朋友應有的寵溺及關心，可是聽到利馬充滿確定語氣的話語，我還是禁不住心臟怦怦怦地跳，心頭不由自主湧起一陣甜蜜與竊喜。

我欣喜的神情讓利馬心神大定，只見青年續道：「多提亞一直為了實踐與小維妳的承諾、為了成為妳的守護騎士而努力。他拒絕了家族給予的官職，決心從一個小小的皇家騎士做起，這些年來，他依靠自己的實力一步步爬至騎士長的地位。可是小維妳也許不知道騎士中有著不成文的規定，守護騎士是不能與所保護的王室成員結合的，妳明白喜歡妳的多提亞有多痛苦嗎？」

利馬一番話猶如響雷般讓我全身一震，我真的不知道守護騎士還有這層規定。從小便聽說守護騎士是王室所給予的最大榮譽以及最高認同，擁有這種頭銜便能永遠與所守護的王族待在一起。因此小時候的我才向多提亞提出這種要求，就是想要把這個很喜歡、很喜歡的人永遠留在身邊。

ch.2 情竇初開

仔細一想，多提亞身爲帝多家族的直系子孫，家族又怎會讓他以皇家騎士爲起點那麼委屈？只要他願意，絕對能夠與兄長卡利安一樣，在還沒有任何成績的情況下獲得爵位與官階，從此平步青雲、輕輕鬆鬆地過日子。

多提亞的前程不是他個人的事，當中甚至還涉及到家族面子問題，可以想像青年到底花費了多少心神才說服家族讓他走皇家騎士這條路。

然而達成承諾成爲守護騎士後，卻註定他再也無法與心愛的女孩結合，只能默默守護對方身邊，這世上還有比這更諷刺的事情嗎？

我不知道多提亞到底是用怎樣的心情堅持著這個承諾。自小青年便從不會拒絕我任何事情，只要是我的要求，他總會費盡心思完成。可是這一次、唯獨這一次，多提亞的心意與努力讓我感受到的並不是無限欣喜，而是滿滿的憐惜與心痛。

「妳想怎麼辦？別說我沒有警告妳，同情與愛是不同的，而且我想以多提亞的性格，也不會希望妳因為一時的憐憫而做出衝動的表態。」難得以長輩的語氣提出告誡的女神大人，讓我發熱的腦袋逐漸冷靜下來。

「我……」

因爲從小就一直在身邊，我從未定位彼此的感情，只知道喜歡、很喜歡。可……即使無法把感情完全劃分出來又怎樣？誰規定愛情裡就不能夾雜著兄長般的關愛、同伴之間的守護？至於對多提亞的感覺是不是單純出於同情，這還用說嗎？本公主才不會單純因爲同情而生出想要嫁給一個男人的念頭！

而且定心一想，我一直受到同樣是青梅竹馬的利馬的照顧，卻從未冒出任何與對方共結連理的念頭。不只利馬，我甚至無法想像自己與多提亞以外的任何人在一起，那難道不正代表著多提亞對我來說是「特別」的嗎？

想到這裡，我便不再猶豫：「利馬，謝謝你！」丟下了一句道謝的話後，我便不再理會一臉莫名其妙的利馬，離開會客室衝至多提亞面前！

「維？」無論是誰，在看到好友突如其來發瘋地把自己喜歡的女孩拉走，隨即兩人反鎖在房內竊竊私語了好一會後，女孩忽然氣勢洶洶地衝回來與自己大眼瞪小眼，也必定會像此刻的多提亞般露出茫然無比的神情。

雖說我是那種下定決心便能以無限魄力勇往直前的人，可是面對著四周同伴們那饒有趣味的目光，我再厚臉皮，也無法在眾目睽睽下向多提亞說什麼啊！

尾隨我跑出來的利馬觸目所及便是這尷尬的情景，只見青年用著令人牙癢癢的笑容哈哈大笑數聲，隨即抓住夏爾便往外拖：「大人辦事，小孩留在這做什麼？」

呃……雖然我很感謝你順道把夏爾帶出去，可是你可不可以不要一臉曖昧地特意加重「辦事」兩字？

夏爾這個心愛的「玩具」被騎士長帶走，科林與大衛自然也待不住，立即吵吵鬧鬧地尾隨而去。

伊里亞德卻是微微皺起眉、一臉不情不願的樣子。見狀，我的心情立即緊張起來，深怕他會硬是賴著留下來。

看到我的反應，伊里亞德勾起無奈的笑容道：「眞是女大不中留啊！本來還想逗逗妳的，看小貓咪妳那麼緊張我倒是有點不忍心了。」說罷，男子一身深棕色的長衣忽然變成純黑，並姿態悠閒地向我揮了揮手：「要嫁得出去喔！」

隨即團長大人便化爲一縷黑色煙霧，無聲無息地消失不見了！

我不爽地撇撇嘴，心想我嫁不嫁得出去用不著你來雞婆！

不過看到團長大人露出這一手，我總算明白爲什麼這傢伙老是來無影去無蹤了。不是我要說，只是伊里亞德不當刺客眞的太浪費了！

我與利馬的互動，讓身爲當事人的多提亞一頭霧水，然而旁觀者清的卡萊爾等人卻是看出了端倪。在伊里亞德乾脆地消失掉後，卡萊爾露出意味深長的笑容詢問達倫：「遠從精靈森林趕來王城，舟車勞頓下我們都有點累了，能否先安排房間讓我們休息一下？」

聽到卡萊爾的話，我差點一個踉蹌便要往前摔倒。精靈森林離這兒的確很遠，可是我們是用傳送陣過來的耶！前後還花不到兩分鐘，還「舟車勞頓」咧？

偏偏達倫還很配合，煞有介事地頷首：「大家辛苦了，房間早已備好，請。」

我不禁以敬仰的目光注視著把克里斯以及卡萊爾一行人領著離開的青年，本以爲達倫是個踏實的老實人，想不到睜眼說瞎話的功力竟這麼深厚啊……

不過回想起來，眞是老實人的話，在入團試驗時也不會把團長的特別測驗隱瞞得這麼好。怪只怪達倫受到團長欺壓的形象實在太根深柢固了，加上平常就是一副很好說話的老實青年模樣，原來這位副團長也是個扮豬吃老虎的精明人啊！

一時整個會客室人去樓空，被他們這麼一打岔，我先前的緊張心情全都不翼而飛，反而有點想笑了。

懷著這種有點詭異的輕鬆心情，我仰起頭、凝望著耐心等待我開口的多提亞，語出驚人地直白說道：「剛才利馬和我說了，說多提亞你很喜歡我，男女之情的那種喜歡。」

青年顯然被我這突如其來的直球嚇得不輕，饒是多提亞再穩重，此刻也不禁滿臉通紅、期期艾艾起來：「他……妳……」

「到底是不是真的？」我不依不饒地追問。

多提亞不愧是多提亞，只有在最初露出方寸大亂的樣子，不消一分鐘便馬上冷靜下來。

深深地看了我一眼，多提亞一雙祖母綠眸子閃過一絲決心，咬牙說道：「是的，利馬沒有說錯。維，我很喜歡妳，很久以前起已無法單純地把妳視作朋友般看待。只希望這種感情不會讓妳感到困擾。」

看到多提亞一副忐忑不安、深怕他的表白會破壞彼此感情的模樣，我不禁暗暗反省著自己的遲鈍，這些年來也不知到底無意中讓青年受到多少次傷害。

「我真是個混蛋！」愈想愈生氣，我煩躁地伸出手想要拉扯長長的髮尾，在雙手摸空後，才想到長髮早就削短多時了。過了這麼久，我還改不掉這個習慣性的小動作。「說什麼要讓多提亞當我的守護騎士，完全沒考慮過你的心情。明明很喜歡多提亞、明明除了多提亞以外，我根本就無法想像與其他男人共度一生……」

從那怒氣沖沖的一句「混蛋」罵出口後，多提亞便一直以驚訝的眼神看我煩燥地在會客室走來走去地繞圈子。聽著我大咧咧地責罵自己，青年眸子裡的驚愕逐漸染上笑意，到最後更是忍俊不住地打斷了我的話：「維，妳這是在向我表白嗎？」

「不是！」我理直氣壯地仰起臉，臉不紅氣不喘地指出重點：「是你先說喜歡我的，所以是你在向我表白！」

自始至終一直處於被動的多提亞不禁抽了抽嘴角，不過在兩人的關係明顯有著進一步機會的此時此刻，多提亞自然不會因爲這種小事與我爭辯。只是臉上那止不住的笑意卻很明顯，讓我的氣勢不由得弱了下來。

青年輕輕牽起我的手，不知爲何，這個慣常的動作此刻竟讓我生出一股平常不會有的羞澀以及甜蜜感。

「那麼說，妳不再要求我當妳的守護騎士了？」

「嗯。」

「因爲妳喜歡我？」

「嗯。」

「謝謝，我很高興，眞的。」多提亞臉上的笑容溫柔如水，然而下一秒青年卻狀甚苦惱般地皺眉道：「可是我卻不想讓其他男人替代這個位置，要是讓你們日久生情那怎麼辦？」

我立即來勁了：「要不然我們先生米煮成熟飯怎麼樣？」

心情大好的多提亞也難得配合著我開起無聊的玩笑來：「如此一來，當妳被別人搶走時，便會變成了婚外情危機，這不是更加糟糕嗎？」

我被青年的話逗得咯咯笑：「別吃醋，酸死了。既然如此，我就找個討厭的傢伙來當守護騎士，那你就可以放心了吧？」

手牽著手、說著無聊玩笑的我們，看起來就像往常般親密無間，然而我們都知道，經過這次坦誠相告以後，彼此間已生出一種特別的情愫，有別於單純的兄妹、朋友、同伴、知己等情誼，是只屬於我們、甜蜜又幸福的情感。

我們卻不知道這個有關守護騎士的小小玩笑竟在不久的將來成爲了事實，一個討厭至極的傢伙莫名其妙地成爲了我的守護騎士，而且是無法拒絕的那一種！

當然，這些都是後話了。

□

身處王城的我們簡直就像見不得光的老鼠與蟑螂，先不說本公主這個通緝犯，單是多提亞與利馬這兩位大名鼎鼎的騎士長，在王城裡認識他們的人已著實不少。

雖說皇家騎士是直屬於王室的騎士團，除了保護王室成員出征外，便一直駐守在城堡裡，以致於眞正知道他們容貌的人並不多。但王城終究是城堡座落之地，走在大街難保會碰上知悉二人身分的權貴或士兵。

離開王城時之所以這麼順利，是因爲眾人都以爲利馬他們帶領部隊前往奴布爾，再加上嬌滴滴的四公主「變性」獲得了奇效，三個男傭兵與魔法學徒的組合是很好的掩飾，結果自是有驚無險地順利離開。

可是在石之崖遇上卡利安後，這層保障便消失了，畢竟當時卡利安知道多提亞在我身邊，可以預想現在兩名騎士長已與我一起榮升爲通緝的目標。同時我的短髮也在與卡利安一起進入無序之城時逼不得已曝光了，因此「維斯特」這個身分也變得不保險。

也不是沒想過乾脆舊瓶新裝，讓兩位騎士長來個男扮女裝亮相，好好地轉移一下守衛軍的視線。不過這想法光是想像就已經很驚悚了，在起了好一陣雞皮疙瘩以後，立即便被我狠狠推翻。因此在豐收祭前，大家只好悶在「創神」的總部裡耐心等待，哪兒也不敢去。

「啊！妮可好慢。」明天便是豐收祭，可是日夜盼望著出現的妮可卻久久沒有消息，這讓我開始擔憂起小侍女的安全。

該不會妮可的覺醒儀式失敗了吧？

一想到這種可能性，我便立即感到窒息，心裡慌得很。

略帶冰冷的手感到一陣溫暖，卻是身旁察覺到我的不安的多提亞輕輕握住我的手。自從與青年坦誠彼此心情後，對方便不再隱藏著心裡的情感，不時做出一些親暱的舉動。利馬與夏爾自然樂見其成，就連卡萊爾等人也一副見怪不怪的樣子。

我曾經就此事好奇地偷偷詢問過利馬，結果對方卻哈哈大笑了三聲，然後以氣死人的惡劣語調說道：「瞎子也能看出多提亞對妳的心意，也只有小維妳那麼遲鈍而已。老實說，我挺佩服的。」

可惡！

明天便是約定行動的日子，雖然凱特說過不用特意留下聯絡方法，他們來到王城時我們自然會知道。可是至今仍未有任何消息的狀況下，我不禁急了，最終決定到王城中一間由我投資的旅館裡碰碰運氣。

聽過我的想法後，同伴們震驚了：「太陽從西方升起了嗎？小維妳竟然知道王城裡除了酒吧以外的產業地址？」

我差點摔倒：「太過分了！那好歹是屬於我名下的產業啊！我知道地址有這麼奇怪嗎？」

眾人很不給面子地一致點頭……

我假咳一聲：「總、總而言之，不親自到旅館看看我是絕不會死心的，那間旅館的地底藏有祕道，要是妮可想要神不知鬼不覺地進入王城，就只能利用它了，我想要過去看看。」

奈娜撇了撇嘴：「妳還眞疼那個侍女啊……」

我很認眞地說道：「妮可是我的貼身侍女，同時也是我很重要的朋友。」

奈娜愣了愣，隨即歉意一笑。在精靈森林攤牌後，我與奈娜之間雖說不上情誼日增，但至少已能和睦相處。其實對於奈娜那種敢愛敢恨的爽直性格我還是滿欣賞的，要說缺點，就是女子總把卡萊爾看得很緊，害我老是不好指使他幫忙！

果然，奈娜邊「挾持」著卡萊爾，邊露出燦爛的笑容向我揮手：「慢走啊，殿下，不送了。」

我嘴角一抽，即使再厚臉皮……咳！再不拘小節，我也不好意思死賴著叫卡萊爾陪同了。

「殿下，我陪妳去吧！」克里斯淡淡說道，隨即在銀光下隱藏了身影。

哎……其實大家不用特意陪同我過去也沒關係啦！都那麼大的一個人了，難道還怕會迷路嗎？

看出我的心思，虛空中傳來克里斯的聲音：「我不希望殿下獨自涉險，相信大家也是同樣的想法。要是殿下不答應，只怕無法踏出『創神』總部一步了。」

看了看點頭附和著的眾人……好吧！我屈服了。

話說，我已經把「創神」想像得很強大了，然而卻還是低估了這傭兵團的實力。自從刺殺事件時，抓人的城衛軍橫衝直撞地闖進「創神」總部、最終卻被達倫與數名執行任務回來的團員轟走後，時至今日，沒人膽敢任意闖進「創神」的地盤搜查了。

害我超級好奇當時達倫等人到底對城衛軍做了什麼，竟留下這麼大的陰影……

離開總部這個堪稱銅牆鐵壁的安身之所後，我立即放出銀燕聯絡菲洛與卡戴維等人。

這群二、三分隊的傢伙根本就是群膽大包天的好戰分子，在奴布爾重遇時，我曾安排他們先往南方暫避，心想憑妮可的本事，掩護他們仍是綽綽有餘。怎料這些傢伙嘴巴是答應了，轉過頭來卻陽奉陰違地回到王城裡。當我收到消息時，差點沒被他們氣死。

我知道他們都是爲我好，回去也是希望可以在必要時爲我出一分力。可是我不喜歡這樣，要是他們因爲我而受到黑影迫害那怎麼辦？

爲此我還曾經特意去詢問與暗黑之神相熟的伊里亞德，當時團長聞言便笑道：

「放心吧！小黑影仍舊受妳那兩名王姊控制的時候我還不敢說什麼，現在嘛……祂根本就是個長不大的小孩子，很會記仇、容易哭又容易笑，可是卻不懂得去想一些太深奧的事。對祂來說，目標就只有傑羅德與小貓咪你們兩人而已，妳的朋友們絕對會被祂很乾脆地忽視掉的。」

回想伊里亞德的分析，現在看起來還眞是那麼一回事，我的神情不由得變得古怪起來。

一切如團長大人所料，第二、三分隊的成員依舊安然無恙地做著他們的皇家騎士，既沒有被關進大牢，也不見他們缺腿缺胳臂，竟然活得比我這個逃亡的公主還要悠閒滋潤！

事關國家存亡，其實根本就只是因爲一個很有力量的孩子在鬧情緒啊……

這群傢伙顯然早已把自己陽奉陰違的事情拋諸腦後，一個個答應得無比爽快，會面時更是完全沒防備地向我前仆後繼地迎上來。

我微笑著緊握拳頭，二話不說便向這些送上門的騎士們施以暴力、飽以老拳！

頓時淒厲的慘叫聲迴盪在寬闊的房間。

身處較爲後頭的騎士們瞬間神色大變，才剛踏入門的腳飛快地往回縮，慌慌張張地便想要從房間退出去。

克里斯展現出隱匿著的身影，平淡地忠告了聲：「我看你們還是讓殿下揍一頓、讓她出一口惡氣比較好，不然將來的下場只怕會更糟糕。」

眾騎士先是因精靈突如其來的出現而愣了愣，接著在衡量過現在被揍以及往後報復的恐怖性後，終究還是面色發白地決定留下來。

很快地，除了冷眼旁觀的精靈以及神清氣爽的本公主外，房裡再也沒有能夠站著的人了。

克里斯很體貼地向我一雙因揍人而痠痛起來的手臂拋出一道治癒術後，便再度隱藏了身影。

「別裝了！誰繼續躺在地上我便踩下去！」

地上眾人一臉瘀青、痛苦的呻吟聲讓場面看起來更加悲壯。然而身爲始作俑者的我，自然很清楚這些都只是皮肉傷而已，他們根本就是在裝可憐！

果然我那威脅的話一出，本還躺在地上出氣多入氣少、眼看就要不行的眾騎士，瞬間以迅雷不及掩耳的速度站立起來，讓我又好氣又好笑。

一眾皇家騎士都是機伶聰敏的人，不用我提醒，便開始匯報王城這段時間所發生的事情，並且眉飛色舞地說著肯尼士老師的安排。

我不禁搖首嘆息，果然老師也對父王起疑了。不過這也不足爲奇，雖說身體仍是父王的「原裝貨」，可內裡的靈魂卻是完全不同的東西，又怎能騙過在帝國中資歷深、看著我與父王長大的肯尼士老師呢？

「這是豐收祭當日的兵力分布。」菲洛拿出地圖向我討好一笑，可惜那張清秀的臉上右眼那清晰無比的熊貓眼卻大大降低了效果，只讓我想再打左邊一拳讓他的臉看起來平衡一點。

卡戴維爲我詳盡地分析地圖上的兵力分布，除了與卡利安關係緊密的第四分隊外，這次的行動所有皇家騎士團竟都有參與。這萬眾一心的狀況大大超出我的期望，讓我又是感動、又是吃驚。

「肯尼士老師把陛下直接管轄的士兵安排在這幾個區域，殿下請小心不要接近這些地區。北門的城衛軍全都是自己人，殿下可以從這裡進入空中庭園。另外，我們會散布兵力在庭園四周，只要殿下一動，我便會以最快的速度控制場面，並且把城堡裡參加宴會的貴族隔離開來……」

一道又一道深思熟慮的計畫從青年口中說出，沒有任何含糊以及多餘的修飾，簡潔有力的說法讓人能夠在短時間內清楚明瞭這一系列布置。這令我對卡戴維的能幹有了新的認知。果然就是要這種萬能輔助型的副手，才能讓利馬一直有驚無險地保住騎士長的位置啊！

ch.3 再遇獸族

騎士們的支持猶如打了一支強心針，裡應外合下，大大提升了安全度。雖然最終無法在旅館裡獲得妮可的消息讓我有點失落，但大家的心意與信任還是讓我感到很窩心高興。

有了騎士們的支持，行動便更有保障，雖然我的身後有不少勢力，無論是精靈族、獸族還是藥劑師協會，都是令人不得不退避三舍的龐然大物。萬一眞正與小黑影撕破臉時，我依舊有著穩操勝算的信心。唯一只擔心聚集在宮殿慶祝豐收祭的平民被有心人煽動或誤傷，現在有皇家騎士與城衛兵的配合，實在讓我鬆了口氣。

與騎士們告別後，我披上斗篷兜帽沿路返回「創神」總部，隱藏在我身旁的克里斯卻忽然警告：「殿下，我們被人跟蹤了。」

聞言，我的步伐略微停頓，隨即便若無其事地繼續前進：「嗯？」

「不會有錯的，那個人從我們進入旅館時早已存在，看起來只是個路人。然而我們離開時對方仍在，而且還一直尾隨在不近不遠的地方。」

我用著喃喃自語的聲量小聲詢問：「能擺脫他嗎？」

「很困難。對方的跟蹤技巧很出色，要不是那人對隱身的我沒有絲毫防範，即使以精靈族的聽力也完全察覺不出端倪。」

我腦袋飛快地運轉著。對方只有一人，而且似乎沒有把我的消息通知城衛兵。據克里斯所說，要擺脫對方的跟蹤應該很困難，但又不能讓對方跟著我們回到「創神」總部……

「克里斯，知道那人的位置嗎？」

得知對方所在位置後，我忽然加速前進的步伐，跟蹤者果然也立即加快腳步，緊緊尾隨在我身後。你追我逐之間，我卻猛然轉身朝反方向奔跑，藏匿不及的跟蹤者頓時被逼現身！

那是個長相平凡的高瘦青年，看到我迎面衝來倒沒有顯露出太大的慌亂，只是略顯意外地挑了挑眉，隨即竟然很無恥地反問：「有事嗎？」

我相信克里斯的判斷，才不會被對方一句話便忽悠到：「這句話應該是我問你才對吧？你是什麼人？跟蹤我有什麼企圖？」

青年恍然大悟地一拍手：「原來是過來搭訕的啊！」

「不是！」

看到我的反應，青年嘴角勾起一個壞壞的笑：「抱歉，雖然你長得很漂亮，可是我對男人沒興趣。」

我恨恨地瞪著對方那張平凡的臉，要不是我不希望引起騷動，眞想替他把那張臉揍得不平凡起來啊！

「同感，我也對你沒有絲毫興趣！」我咬牙切齒地回答。

「那眞是太好了，我可是有妻室的人，家裡的妻子愛我愛得死去活來，萬一被你橫刀奪愛，她可活不下去。」

青年那副甜滋滋的樣子害我惡寒了一下。好累……與這傢伙說話眞的好累……我開始有點同情他的妻子了，如果那「妻子」現實中眞的存在的話……

對方繼續興致勃勃地刺激我的底線：「我明白自己長得太帥，簡直帥得男女通吃、人神共憤，你被迷倒其實也是代表小兄弟你有眼光。可是我眞的很爲難耶！每天都有不認識的人來向我告白，一星期就有七人，一年下來足有數千人之多……」

「爲什麼一年不是三百多人？」我好奇了。

「因爲本人實在太出色了，那些人遭到拒絕後仍不肯死心，因此上一年的追求者累積至下一年……」

「夠了！滾！」再也受不了青年的自戀加厚臉皮，我指著巷口下達逐客令。

「看小兄弟你的反應，正好符合了那一句『愛的反面就是恨』啊！」青年安慰地拍拍我的肩膀後，便滿臉憐憫地向我揮揮手：「我明白失戀的野獸都喜歡獨自默默舐著傷口，那我就先告退了，快點找個好女孩認眞交往吧！別再想著我了！」

「滾！」

直至青年消失在視線裡，氣呼呼的我才猛然驚醒：「糟糕！讓他逃掉了！」

我眞是白痴！竟然那麼輕易地完全被對方牽著鼻子走啊！

有點哀怨地轉向隱身在身旁的克里斯：「你怎麼不提醒我？」

「我不方便現身，隨便提醒殿下的話，很有可能會被對方察覺到我的存在。」半現身的少年面容模糊不清，浮現著淡淡白光的樣子眞的超像幽靈。只見克里斯淡漠地接著道：「而且看殿下的反應並沒有顯露出敵意，因此經判斷後，我還是認爲不要多生枝節爲佳。」

仔細回想，的確，面對那個跟蹤者時我雖然被對方氣到不行，可是卻一點兒也產生不出敵意或防備之心，就像是打從心底相信對方並不會傷害自己。

如果說以前我對於自己那奇特的直覺是半信半疑的態度，那麼在知道這準確直覺也許是繼承自母后的一絲微弱神之力後，可說是對此有了盲目的依賴了。

還有一點我沒有告訴克里斯，就是那男子無論長相、聲音，還有他說話的神態都給我一種似曾相識的感覺，不是看到伊里亞德時會聯想到妮娜的那種熟悉感。那感覺出自於對方本身，這男子我肯定見過！只是一時之間想不起來……

忽然一張青澀的少年面容從腦海裡閃過，雖然與剛才所見青年那張平凡的臉非常相似，但卻年輕得多，然而兩張面孔最終卻完美地融合在一起……

原來是他！竟然會是他！

我笑了。

雖然我不知道對方爲什麼沒有與我相認，還要東拉西扯地裝不認識。可是這個人既然親自插手，那麼便不會、也絕不能夠讓我再受到任何委屈。

不然的話，他死定了！

「殿下，這是什麼？」克里斯從我的肩膀取下一封摺疊得小小的書信，信紙與我的衣袖還殘留著一些看起來有點像鼻涕的噁心液體，書信大概是在青年拍我肩膀時黏上去的。

「我已用魔法探測過了，這封書信並沒有被人動手腳，殿下要現在打開嗎？」

接過克里斯手上那黏著鼻涕（？）的書信，打開後還沒來得及看裡面的內容，我便被熟悉的筆跡嚇到了。「是妮可的字跡！」

這八竿子也扯不上關係的兩人竟然彼此有所聯繫？懷著滿心的疑問，我垂首看起信的內容來。

信很短，只有短短數句，看起來還比較像簡單的便條——

殿下，抱歉我們有點事情耽誤了，請依計畫於豐收祭當天行動，我必定會在當天正午以前趕至的！

結果到了豐收祭那天早上，小妮可還是沒有出現。

「維，要如期行動還是將計畫延後，這點由妳決定吧！」

接受到來自同伴的信任以及支持的眼神，我思量片刻後決定：「依照計畫行動，我相信妮可！」

眾人笑了，利馬更是惡劣地伸手揉亂我的頭髮：「就知道妳會這麼說！」

多提亞微笑道：「維，別給自己太大的壓力。有眾騎士兄弟幫忙維持場面，即使有任何突發情形，也能夠把混亂的程度減至最低。」

卡萊爾笑著補充：「還有精靈族與獸族，有他們在石之崖幫忙牽制卡利安率領的帝國軍隊，便能無後顧之憂了。」

奈娜嗔怒地瞟了卡萊爾一眼，顯然不滿青年的謙虛與低調：「你怎麼不提自己的查理斯家族？」

一直沉默不語、令人幾乎忘記存在的諾頓，竟湊趣說出了兩個字：「荒族。」

利馬哈哈大笑：「還有一些受過小維幫助的暗黑教徒，以及他們那位神聖的大祭司也是站在我們這邊的，名符其實的窩裡反啊！小維果然夠陰險！」

噢！利馬你閉嘴！

不過仔細一算，我才驚覺自己背後的力量竟如此驚人！皇家騎士與城衛軍代表著王室的中堅武力；荒族的藥劑師力量足以影響全國；查理斯家族掌握帝國的經濟；暗黑教徒則是身處敵方之間重要的暗樁。至於精靈族與獸族……這已經不是國與國之間的問題，而是提升至種族層面了！

別看獸族人數少，但每一個都是擁有獨特技能的戰士。至於精靈族……小黑影若敢動我這個精靈公主，必定會引來災難性的報復！

開始旅程時，我只是以「恢復父王、阻止內戰」爲理念出發。可是、可是……

現在的我根本就是爲了阻止種族大戰而努力啊啊啊!!

與大家嬉鬧一番後，緊張的心情也變得稍微輕鬆起來，我微笑著拿起一個樣貌猙獰的黑色面具：「開始吧！」

眾人頷首，各自取出造型不一的面具戴在臉上，相視一笑後，便分散開來進行下一步計畫。

豐收祭是帝國一年一度的盛事，在這慶祝秋收的節日裡，所有人會載歌載舞地慶祝整整一個晝夜，貴族以及一些上得了檯面的大家族也會被邀請進城堡裡參與熱鬧的宴會。

雖說有了皇家騎士的配合後要混進城堡並不是大問題，但在凡事以謹愼爲大前題下，我們還是把人分成四組，分別以藥劑師公會、查理斯家族、皇家騎士以及暗黑神教的身分作掩護進場。

卡萊爾與諾頓僞裝成皇家騎士，奈娜與夏爾化身爲查理斯的家族成員，兩名騎士長則是混進了藥劑師的行列中。

至於我——少年「維斯特」，卻懷著最危險的地方才是最安全的想法，與伊里亞德一起僞裝成暗黑教徒。在伊里亞德的幫助下，吸納闇元素作僞裝自然是輕而易舉的事情，不懂魔法的我只要戴上面具、穿上黑袍，輕輕鬆鬆被團長大人用暗黑之力包覆著就可以了。

妮娜早就替我們打通了門道，大祭司的威望，再加上四殿下對暗黑神教的恩情還是很有力量的。最重要的一點，是妮娜把小黑影被惡念控制這事擺上檯面，在得知眞相後，有不少暗黑教徒也願意爲我掩護。

負責照顧我們的內應，是個名叫雪莉的中年寡婦，見面時我立即便認出她正是當初我回到王城時，作爲教徒代表歡迎我的人。會認出來，並不是因爲對方那張沒被面具遮掩住的清麗臉龐（基本上當時裝病的我遠遠便把馬車的窗簾拉上，看得到人才有鬼），而是因爲我認得她的聲音！

要知道當日那段驚天地泣鬼神的詛咒（祝福），讓我受到多大的震撼啊！尤其在王城被追殺得狼狽逃竄時，更是祈求這詛咒快快實現……咳！扯遠了……

總而言之，有雪莉帶領、又有伊里亞德時不時放出闇元素掩護，我們這組人不費吹灰之力便輕易混了進去。

宴會舉行的地點是舉世聞名的「空中庭園」，當然這廣闊美麗的皇家庭園並不是眞的設立在空中，擁有著這個充滿夢幻感的名字，全是因爲整座庭園都被施了魔法。傳說開國君主菲利克斯一世在海的最深處獲得了三股神奇的活水，他用魔法讓這些永不枯竭的清泉流淌於庭園的地面滋潤生命，從此庭園的泥土與地板便如安靜的湖泊般折射出天空的色彩，讓整座庭園就像是置身於空中一樣。

「豐收祭的宴會上必須戴上面具」也是這位開國君主一時興起所立下的規矩，全仗這奇怪的規則，我們才能那麼容易地混了進來。

「其他人似乎也成功了呢！」看一切風平浪靜，我暗自鬆了口氣。妮可至今仍未出現，我們苦等著的「晨曦結晶」，自然也沒有影蹤。要是哪個白痴引起了騷動終止宴會的話，還眞不知道該怎樣收場，到時候也許就只能把一切訴諸武力了吧？

暗黑神教向來是不待見的一群，黑袍、黑面具的他們剛進場便瞬間成爲了全場焦點。還好教徒們本就不熱衷於社交，很自覺地找了個陰暗的角落安靜地待著（雖然我覺得這樣看起來只會令人覺得更加恐怖），在沒有交集的狀況下，權貴們倒沒有主動來找他們麻煩。

畢竟在不會影響到自身利益的狀況下，誰會單純因爲看對方不順眼而去招惹一群隨時隨地把詛咒掛在口邊的宗教團體?

看到四周賓客厭惡地避開了暗黑教徒這邊，我輕輕吁了口氣，繃緊的身體逐漸放鬆下來。

有點擔憂地往雪莉等一眾暗黑教徒看去，感受到我目光的雪莉微微搖了搖頭：「看到不潔、髒污、或者無法理解的事物時，人總會不自覺地避開，這是人類的本能反應。我不怪他們，也早已習慣這種對待了。」

「會爲我們這種人擔憂，殿下果然是很溫柔的人。」

雪莉的語氣很淡然，也許他們眞的對這種狀態麻木了，但我還是覺得很難過，心裡悶悶的。「被如此對待也能夠諒解對方，表示雪莉也是個很溫柔的人啊！」

女子聞言愣了愣，隨即面具下的嘴角勾起了溫暖的笑意。

「伊里亞德，你……」正想與男子說句話，卻發現團長大人不知道什麼時候又不見了！

經過這段時間的相處，我很悲哀地發現對於伊里亞德的來無影去無蹤我竟沒有太大的驚訝了，這就是雪莉所說的習慣吧!?

習慣果然是好可怕的東西！

伊里亞德的失蹤對我來說只是個小插曲，團長大人本就像隻行蹤飄忽的貓，再加上他的戰鬥力強得一塌糊塗，實在讓人很難為他的安危擔憂，他想到哪活動便到哪去吧！

即使遭受這種對待，可暗黑教徒們卻不願放過這向權貴傳教的難得機會，自然不能一直待在我身邊，在人進場得差不多時便向我告辭了，反正有了暗黑教徒的身分也不會有人主動接近我。

本打算一直留在這兒直至國王出場主持豐收祭儀式為止，但世上不如意事果然十之八九。有時候上天看人活得太自在，總會弄些意外出來讓人驚嚇刺激一番。

「別跑！」

嬌滴滴的呼喝聲從遠方響起，我還來不及察看是誰在宴會裡大呼小叫，一團溫暖柔軟的小東西已迅速鑽進我的懷裡，直把我嚇了好一大跳。

「維斯特，救我！」

伸手正要抓出懷裡那突如其來的不明物體，黑袍裡傳出的細小嗓音卻讓我的動作倏然一頓，無法置信地低呼：「潔西嘉？」

隨著我的詢問，懷裡的小東西動了動，隨即黑袍寬鬆的領口位置伸出一個小小的雪白頭顱。奶油白的毛髮、紅彤彤的眸子、長長的耳朵……竟是隻靈氣十足、可愛得不得了的小兔！

小兔伸出前肢向我揚了揚粉紅色肉墊，這個打招呼的動作實在萌到不行。「是我，不久前包圍石之崖的帝國軍全部退走了，我們擔心妳這邊出了什麼事，便偷偷化形混進來找妳。」

順著小兔的視線往上望，驚見一隻橘紅色小鳥拍著翅膀在上空盤旋了一圈，雖然距離太遠看不到小鳥的瞳色，但我敢打賭他的眼瞳絕對是燦爛的金色！

那根本就是小了一號、沒有了美麗長尾巴與炫目火焰的火鳥嘛！

竟然還擁有二度變化的能力，柏納眞不愧爲獸王啊！誰會想到這不起眼的小野鳥本尊竟是高貴美麗的火鳥？

「班森與安迪呢？」

「大家都來了，他們的獸型比較大，不適合到處走動，正藏身在花園草叢裡。」說到這裡，遠比夏爾還要膽小的小兔聲音倏然而止，小小的身體往我懷裡一鑽，瞬間便再次藏入黑袍裡。

喂喂喂！妳躲在黑袍裡便算了，怎麼還鑽進衣服裡面？

我沒有兔族的靈敏聽覺，過了好一會才聽到高跟鞋發出「喀喀喀喀」的密集聲響，不久，一群打扮得花枝招展的貴族千金便出現在視野裡。

「奇怪，明明看到那隻兔子往這個方向跑……這位先生，請問你有沒有看到一隻這麼小的白兔？」一名容貌清麗的少女越群而出，當她向我走來時，其他位處我們之間的女子皆自發性地讓出了道路，不約而同地表露出尊敬的態度。

與男士幾乎遮掩住整張臉的面具不同，女性所佩戴的面具是只能遮掩住半個臉孔的半月款式，基本上還是能認出面具下的容顏。

當我看到少女沒有面具遮掩的半張臉孔，差點忍不住驚呼出聲。不是因爲對方的美麗、也不是因爲她敢於與暗黑教徒說話的勇氣，而是因爲我認識這貴族千金！

身爲帝國四公主，我認識的千金小姐自然不少，照理來說無論遇上誰，都不至於讓我如此動容，只是這次的失態實在怪不得我。因爲不久前這位笑意盈盈的貴族千金才女扮男裝地把我這個同爲「人妖」的傭兵騙得團團轉！

喬！

對於這位算得上是我遠房表姊的少女，我的印象很不錯，當時在山脈獲得的魔獸之心，應該已經替她解決掉詛咒的問題了吧？現在見她精神不錯，我也不由得爲她感到欣喜。

眼看避不過，我再三確認這群少女與「西維亞殿下」並不熟悉以後，當機立斷地取下臉上的面具，露出隱藏在黑袍陰影下的臉容，並向小姐們露出多年來王室生活所培養出來的迷人笑容：「抱歉，我沒看見。」

喬不愧爲自小於無序之城這種混亂地帶長大、年紀輕輕便女扮男裝混在傭兵堆裡歷練的人，乍見我的出現，也只是眸子裡閃過一絲震驚而已，若不是我一直觀察著她的反應，還眞的完全察覺不出絲毫異狀。

賈斯特男爵的女兒，果然有不凡之處！

我展露出的出色容貌，讓畏懼著暗黑神教而站得遠遠的小姐們瞬間忘了恐懼，不約而同衝上前將我團團圍住，雙目含春地爭著要結識我。

在一片鶯鶯燕燕自報名號的吵雜聲中，一旁的喬憋著笑地小聲說道：「吸引力眞大啊！殿下。」

受到如豺似虎小姐們的圍困、一個頭變得兩個大的我，可憐兮兮地以同樣細小的聲音向這位貴族千金的大姊頭求救：「表姊，救命啊！」

其實國家立國已久，王族與貴族間的通婚十分常見，多年下來國內的貴族或多或少都有著王室血統。以帝多家族爲例，多提亞的曾曾曾祖母就是當年王族裡的第五公主。

身爲嫡系公主的我，與多如天上繁星的表哥表姊堂哥堂姊們在身分上有著根本的差異。平常遇上時，他們必須尊稱我爲「殿下」，我卻可以直呼他們的名字。喬這種血緣疏遠的貴族千金在王族面前不用行禮已是天大的恩賜，更遑論被嫡系的公主喚一聲「表姊」。

也許我的做法破壞了王族與貴族間的潛規則，可是管他的！我就是喜歡喬，要是對象換成威利子爵這個紈褲子弟我才不幹呢！

喬聽到我對她的稱呼時愣了愣，在看到我特意從領口取出、鑲嵌著魔獸之心的吊飾後，終於露出了震驚的神情。

隨即少女眉開眼笑地小聲耳語：「就看在妳這聲『表姊』的份上我就幫幫妳吧！」這名聰慧的少女顯然已從我手上的魔獸之心聯想到彼此的關係了。

拍了拍手吸引眾人的注意力，喬笑斥：「好了！在公眾場合與男人拉拉扯扯成何體統？散了吧！」

其中一名長相遠不及妮娜美艷，風騷妖媚卻與祭司大人相差無幾的金髮少女緊緊抱住我的手臂，上半身某個柔軟的部位更是直接壓在我手臂上。豐滿艷紅的唇瓣幾乎貼在我的耳畔，害我連她說話時呼出的熱氣也能清晰感覺。「呵呵，喬小姐急著趕人了呢！雖然人家好想與帥哥你一起多待一會兒，但現在也只能先告退啦！」

我在自卑之餘（這個女人眞是發育得太好了！可惡！）也不由得感到一陣毛骨悚然，這些貴族千金恨不得把我吃乾抹淨的餓狼眼神眞的很恐怖耶！

女子說罷便放開手，離開前還不忘在我耳邊吹一口氣。

唔唔！我被調戲了！被一個女生調戲了！

看到我摀住耳朵、一臉委屈的神情，喬再也忍不住笑得前彎後仰，動作誇張得害我想揍人！

聽覺比常人靈敏百倍的潔西嘉，被喬張揚的笑聲嚇倒，一失足便滑下至我的腰間。正好我舉起了手摀住耳朵，結果在黑袍的夾縫中清晰可見這塊詭異出現在腰間的肥肉……

隨即更可怕的事情發生了！在我完全傻眼、來不及爲這突如其來的意外做出反應之際，下滑的潔西嘉已慌慌張張地爬回原本躲藏的位置。結果在喬眼中，就是外衣裡一塊「肥肉」突兀地出現在我的腰間，隨即轉眼間卻又自動往上滑回去……

喬的笑聲就像被人突然扼住脖子般倏地靜止，只見少女的雙眼隨著小兔的移動而瞪大、再縮小，良久才硬是擠出一句：「殿下，剛才妳用來『裝胸作勢』的胸墊跌下來又反彈回去了……」

喂！什麼胸墊啊？妳到底想到哪兒去？別以爲妳是我表姊我就不會打妳!!本公主可是一直信奉天然至上、眞材實料的！

「是她啦！」我把這隻闖禍的小兔子從懷裡抓出來，喬盯著看起來與尋常兔子無異的潔西嘉良久以後詢問了一句：「獸族？」

厲害！我雙眼一亮，伸手向少女比了比大拇指。

喬輕輕地笑了：「這不難猜啊！誰都知道殿下與獸族『同流合污』、『圖謀不軌』的嘛！」

「……妳就不要再拿我尋開心了。」

我吃癟的表情逗得喬咯咯地嬌笑起來。少女的笑聲清脆悅耳，白色禮服更把她襯托得猶如下凡的仙子。然而我怎麼老是覺得在這清雅脫俗的外表下，一條惡魔的小尾巴卻在悄悄地搖呀搖呢？

ch.4 奈娜的復仇

在無序之城的日子裡，我早已摸清楚喬的性格，別看她像個不食人間煙火的清麗仙子，這傢伙的鬼心眼可多了。話雖如此，我還是非常喜歡這位血緣疏遠的表姊，覺得她是個值得結交的人。

本來笑得很高興的喬忽然止住笑容，皺起眉凝神望向遠方。不得不說這女子美艷不及妮娜、性感不及珍珠、可愛不及妮可，可是那清雅脫俗的氣質卻非常惹人喜愛，配上此刻的苦惱神情，更能輕易勾起別人的保護欲。

「怎麼了？這是誰？」順著喬的視線看去，只見遠方一名喝得醉醺醺、臉上面具早已不知丟失在哪兒的中年男子，站在花園的草地上東張西望，一副正在尋人的模樣。

「艾森豪子爵，一個討厭又不自量力的追求者。」喬滿臉厭惡地撇撇嘴，這動作她做起來竟有種說不出的嬌柔韻味，一點也沒有破壞那身清雅寧靜的氣質。

聽到喬的話，我不由得仔細打量起這位艾森豪子爵。老實說，對方長得倒也不醜，只是滿身肥肉讓人印象大打折扣。加上他的年紀都可以當喬的爸爸了，難怪少女會對他的追求如此反感。

嗯？艾森豪子爵？

耳畔彷彿再度響起奈娜那壓抑著憤怒與悲傷的話語。

「是子爵、艾森豪子爵。三公主在風頭過去後便補償他一大筆金錢，幾年後更爲他加官晉爵，結果這男人的爵位到今天不跌反升，還從偏遠的邊境調到王城。」

「我回家時對方的人仍未撤走，可我不敢跑出來。不是我怕死，而是我要留著性命成爲復仇的火種，我要活下來讓艾森豪付出代價！」

「我看見滿身鮮血的父母被帶走，我的侍女、溫柔的莎莉姊姊被他們撕破衣服壓在身下。她那素來膽小的戀人比爾這次卻沒有逃走，而是紅了眼地想要拯救她，卻被利刃攔腰砍成兩段。」

「老園藝師的頭顱滾在玫瑰花叢下，他剛滿月的孫子在不遠處被馬踩成肉醬……」

「父母死後屍體還要被掛在城牆供人觀看，曝曬了足足一個月才拆下來丟棄在亂葬崗裡。我永遠不會忘記他們殘缺不全屍骸的悲慘模樣，以及艾森豪那囂張傲慢的嘴臉！」

想著想著，我眼神變得凝重起來，一股冰冷的殺意不禁生起。

「表姊，我須要妳再幫我一個忙。」

感受到我眼裡的殺機，喬饒有趣味地挑了挑眉：「怎麼了？殿下殺氣很大喔！要是妳的殺氣是針對艾森豪子爵而來的話我舉手贊成。這傢伙可謂敗類中的敗類，手上的人命沒有一百也有數十，我早就看他不順眼。」

很好，一番話說得大義凜然！雖然我覺得最後一句才是重點……

「那我們這樣……」

聽著我的計畫，骨子裡也是個惹禍精的喬立即摩拳擦掌起來，就連潔西嘉的紅眼睛也興奮得閃閃發亮，想不到小兔並不如表面般安分啊！

把細節商量好以後，我很有氣勢地一揮手，宣布：「行動開始！」

喬親自出馬，輕而易舉地便把艾森豪子爵騙到庭園中一個僻靜的角落。

看到素來對他不假辭色的喬難得給他好臉色，艾森豪子爵顯然有點興奮過頭了，在酒精的影響下，男子以誇張無比的語氣，抑揚頓挫地唸了好一會兒情詩後竟開始唱起情歌來。只見喬的表情開始變得僵硬，嘴角的微笑也逐漸抽搐起來……

撐住啊！表姊！

眼看喬快不行了，我正考慮是不是該先放出銀燕把人弄暈再說時，艾森豪子爵的恐怖歌聲卻已引起其他人的注意。利用銀燕的視點先一步看到來者身影的我，立即把已從草叢中探出的半個身子縮回去，並暗自慶幸還好剛才沒有衝動行事。

「吵死人了！你以爲自己是情聖嗎？閉嘴！」高傲無比且臭著一張臉出現的人，不是卡利安是誰了？

怎麼到哪兒都會遇上這個瘟神啊？他不是奉命在石之崖看守獸族嗎⁉而且看他身穿軍服、臉上也沒戴面具，一副路人甲的樣子，看起來完全不像是要來參加宴會的賓客。

卡利安的出現，讓本來一臉風騷地引吭高歌的艾森豪子爵嚇得立即閉嘴，嘴角的淫笑也變成了卑微奉承的嘴臉，卑躬屈膝地道歉道：「原來是卡利安伯爵。打擾到伯爵大人的雅興，我實在罪該萬死，請大人原諒。」

卡利安端足架子冷冷地「哼」了聲，才發現艾森豪子爵身旁的喬：「是妳？」

我就在想卡利安把頭仰得那麼高到底是怎樣看到前面的，果然他現在才發現到喬啊……

「好久不見了，卡利安伯爵大人。」喬微笑著向卡利安行了一禮，少女的反應可比那個艾森豪子爵大方得體多了。

面對淑女，身為貴族的卡利安還是很有風度，只見青年優雅地向喬回以一禮，隨即視線便若有似無地打量著四周。

我慌忙躲在灌木叢後，心臟怦怦亂跳。

他不會是正在找我吧？

豐收祭是權貴們戴著面具參與宴會的節日，這可說是我唯一能夠隱藏身分混進城堡的機會。現在看到喬，以卡利安的謹慎，必定會在第一時間先把事情聯想到我身上，即使我遇上喬根本就是場意外！

說時遲那時快，一隻橘紅色小鳥降落在我的肩膀上，隨即腦海裡便響起柏納的嗓音：「**潔西嘉他們快來到了！**」

我呻吟了聲，眞想乾脆裝作什麼也不知道。

根據我們先前的計畫，就是讓喬用美色把艾森豪子爵引至僻靜的地方，同時讓潔西嘉將奈娜帶來，讓女子想怎樣報仇便怎樣報仇。

反正這區域是「安全地帶」，所有防守的衛兵都是自己人，即使不巧撞上巡邏時段也不會鬧出大動靜。何況我還準備親自躲在旁邊看著，萬一情況失去控制，還可以用小海燕把人弄暈。

本以爲萬無一失的計畫卻因卡利安的出現而驟然變得危險了！

「你們的A計畫似乎不怎麼樣呢！實行B計畫吧！」女神大人嘻笑著說道。

B計畫？什麼時候有這種東西了？

就在我疑惑不已之際，女神大人已用行動給了我答案。在上空迴旋著的小銀燕忽然往下俯衝，尖銳的尾部眼看便要往卡利安刺去！

女神大人住手啊呀!!

腦海裡響起很不爽的「嘖」地一聲，小海燕於低空做出一個漂亮的滑翔，靈活地滑過卡利安的頭頂返回上空。

「爲什麼要住手？把人幹掉不就一了百了嗎？」興高采烈想實行的B計畫受到阻止，女神大人不高興了。

「才不是一了百了呢！別忘記還有一個艾森豪子爵在。即使喬在卡利安倒下的瞬間出手將艾森豪制伏，但在此之前對方也有一定的機會發出呼救聲，萬一驚動到遠處的賓客便麻煩了。豐收祭是接近暗黑之神的大好機會，我們無法承受任何意外。」

在我解釋著的同時，奈娜卻已尾隨潔西嘉氣勢洶洶地快速接近！

拉上暗黑教徒專屬的黑袍並將面具戴回臉上，我深深地吸了口氣，隨即堅定地說道：「只好實行C計畫了！」

這回輪到女神大人傻眼：「什麼時候有這種東西了？」

沒有多餘時間回答女神大人的我，「霍」地站了起來，搶在奈娜兩人冒失衝出去前，從藏匿處衝出並一手撈起小兔塞進懷裡，然後挽著因我突如其來的出現而愣掉的奈娜，硬是拉著女子走出草叢、曝露在眾人的視線裡。

倉促間讓奈娜躲起來的這種想法已經不夠實際，倒不如我們自動現身，至少在卡利安眼中會顯得比較坦蕩。

雖然臉上戴著面具，但我仍是做戲做全套地裝出驚訝的表情，以壓得低沉的嗓音訝異地說道：「卡利安伯爵？想不到會在這裡遇上您，眞是太令人感到驚訝了，這必定是暗黑之神的安排。」說罷，我拍了拍仍舊在發呆的奈娜的手臂：「親愛的，這位是我們暗黑神教的朋友——卡利安伯爵。」

奈娜不愧爲卡萊爾的左右手，雖然性格較浮躁，但必要時還是很沉得住氣的，處理意外事件的反應更比我所期望的更加敏捷。得知這戴著面具的青年竟是我的死敵卡利安後，女子立即很配合地嗲聲嗲氣地行了一禮：「原來是伯爵閣下。」

卡利安警戒地將視線來回掃視我們好幾次，隨即傲然地向我們點點頭。即使身爲同一陣線的同伴，在卡利安眼中平民與貴族還是有著本質上的差別。以他那擁有爵位的貴族身分，即使再紳士也不能過於熱情，必須保持貴族應有的驕傲與矜持。

看到青年的舉動，我不禁鬆了口氣，暗自慶幸還好被我矇對了。身爲暗黑之神的走狗……咳！是手下才對……對方必定與暗黑神教有著一定的良好關係。現在身穿黑袍的我與奈娜雙雙出現在這個僻靜的角落，看起來便只是某位暗黑教徒看到遠處的卡利安伯爵後熱情地攜同女眷前來套近乎。

同時也慶幸著事先讓克里斯替奈娜造出一頂長假髮，不然女子頂著那頭英姿颯颯的短髮，還眞的裝不成這副小鳥依人的花瓶樣子啊！

卡利安沒把太多心思放在我與奈娜這兩個小人物身上，他以極其惡劣的言詞狠狠地把艾森豪子爵羞辱一番，來宣洩剛剛被對方情歌嚇到的不滿後，便志得意滿地離去。

看著卡利安遠去的背影，我心裡不由自主地生起一種奇怪的違和感，總覺得自己忽略了一些很重要的事情。

仔細一想，卡利安這個人眞是讓人捉摸不透。

身爲二王姊心腹部下的他，卻與同樣爲王姊手下、壞事幹盡的艾森豪子爵不對盤。應該說是不屑還是厭惡呢？這個男人除了手下的士兵以外，從不親近任何同陣線的伙伴。除了二王姊下達的命令，這些由卡利安所統領、惡名昭彰的軍隊卻從未主動攻擊任何敵對勢力。

當所有人認爲他是二王姊的走狗時，這個男人卻很乾脆地把主人賣掉了，搖身一變成了暗黑之神潛伏在王城的臥底。

而今天，他眞的認不出眼前這個戴著半邊面具的長髮女子正是當天挾持他的叛亂組織成員嗎？

「妳的心動搖了。」女神大人輕柔地道。

伊里亞德曾經分析過光與暗的交替代表著未來，日與夜的變更代表著新生的一天，我所具備的超直覺，大概就是母后殘留下來的神力所衍生出的一種很微細、很弱小的預知能力。

但現在絕不是動搖的時候，這些想法在此刻如箭在弦上的形勢下無疑很不合適，對敵人的遲疑在戰爭中是非常致命的，即使這是出於我那素來百分百準確的超直覺也一樣！

立即擺正動搖的心態，才發現被人挽著的手臂傳來陣陣顫慄，不禁疑惑地往旁邊看過去：「奈娜？」

在與女子眼神相接的瞬間我愣住了，因爲這雙黑色眸子透露的情緒是如此複雜激烈。充滿了仇恨、狂喜、瘋狂、迫不及待，以及拚命的忍耐。想到奈娜與艾森豪子爵的恩怨，剛才要求女子強忍動手的慾望與卡利安虛與委蛇，眞的太爲難她了。

我拍拍奈娜因激動與壓抑而顫抖的手：「奈娜，妳做得很好，不必忍耐了。」

女子點點頭，隨即放開了挽著我手臂的手，舉步往艾森豪子爵走去。

此刻的艾森豪子爵一改先前意氣風發的情聖模樣，頹廢的樣子看起來簡直蒼老了二十歲。難得有機會在心儀的女子面前表現一番，想不到卻招來無妄之災，被突然出現的卡利安折辱一番後還要諂媚奉承對方，最糟糕的是，連番的醜態全都被喬從頭到尾看進眼裡；想到這裡，艾森豪子爵就像天塌下來般，整個人都呆滯了，以致於奈娜從查理斯家族所提供的空間戒指裡抽出她的專屬大劍時，艾森豪子爵竟完全忽略、繼續跌在失落與懊惱中。

喬看著雙目燃燒著仇恨的奈娜，輕輕嘆了口氣，隨即拋出一顆表面刻滿咒文的水晶。晶石清脆的破裂聲響起後，一道結界迅速伸延開來，瞬間便消除了結界裡的聲響。

我好奇地東張西望，初加入創神時曾看過雙胞胎魔法師作弄夏爾所使出的聲音魔法。從魔法元素的顏色與排列看來，這個聲音結界的原理應該與當時所見的魔法相近，只是覆蓋範圍更廣更闊。這種把魔法銘文直接刻劃在上的魔法晶石絕對是出門遠行、居家必備的必需品啊！

下次記得叫妮娜替我準備一點隨身攜帶！

「**居家必備？是打家劫舍的必需品才對吧？**」女神大人吐槽。

「妳……妳想做什麼？」奈娜那滔天殺意終讓艾森豪子爵驚覺，當男子看到她手中的大劍後，頓時嚇得魂飛魄散。讓我意外的是，這傢伙在生命受到威脅的第一時間竟不是轉身逃走，而是嚇得腳軟跌坐在地，直接扯破喉嚨尖聲求救。

我搖了搖頭，沒有繼續看下去的興趣，轉身與喬一起雙雙步出結界的範圍外。

雖說這區域負責巡邏的衛兵全是自己人，可我們還是停留在結界外替奈娜戒備著以防止他人闖入。

過了一會兒，奈娜從結界中緩緩步出，輕聲說道：「麻煩大家了。」

女子的禮服依舊整潔，沒有沾染上一絲一毫的血污。但我還是發現到淡淡的血腥味從女子身上傳來，這代表死亡的味道已充分說明了艾森豪子爵的下場。

「屍體都處理好了嗎？」同樣察覺到味道的喬，遞出一支隨身的小香水，讓奈娜掩蓋下身上的淡淡血腥味。

奈娜按了兩下手中晶瑩剔透的瓶子，香味輕而易舉地令微不可聞的血腥味消失無蹤：「我是個火屬性的魔劍士。」

所謂的魔劍士，是指能調動魔法元素的劍客。他們的魔法修為比不上魔法師，卻能利用鑲嵌上魔核的魔武器使出魔法。奈娜是一名火系魔劍士，也就是說艾森豪子爵的屍首已被燃燒得渣也不剩，化為一片飛灰了。

完美的毀屍滅跡啊！

「對了！這一位是喬，無序之城的領主千金。這是潔西嘉，兔族族長；魔劍士奈娜，叛亂組織的核心成員。」忽然想起身旁的三人彼此並不認識，我連忙為她們介紹一番。

我的話一出，卻讓三人全都傻眼了。

奈娜把腳邊的小兔抱起：「獸族族長?這小東西?」說罷，她露出一臉看怪物的表情瞪了我一眼：「妳剛才竟然指揮獸族的族長來替妳當跑腿!?」

咳!上空還有獸王大人幫我當巡兵呢!早知道剛才就一併介紹，嚇死妳!

被不相熟的人抱在懷裡，膽小的潔西嘉不安地動來動去，紅彤彤的眼睛有點膽怯地偷偷看了一旁的喬：「這一位是無序之城的領主千金?可是我曾聽鷹族的人說過無序之城是個帝國管不著的自治區，那兒的人與王族一向不對盤。」

喬很不淑女地一手指住奈娜，一身清雅脫俗的氣質立即消散無蹤：「妳是叛亂組織的人!?」

三人大眼瞪小眼好一陣子，最終不約而同地嘆了口氣。奈娜把潔西嘉放回地上，並一臉疲憊地揮了揮手：「算了!這個人本就不能以尋常的公主來衡量。再古怪的伙伴出現在她身邊也是理所當然，即使下次她帶著一頭龍出現，我也不會大驚小怪。」

另外兩人深感贊同地點了點頭。

奈娜的話讓我想起曾被亞龍追殺的不快經歷，反應大得斬釘截鐵地說道：「才

不會！」龍這東西可是超可怕的耶！我才不會去招惹。

然而我的話卻換來三道充滿懷疑的視線：「誰知道呢？」

解決掉艾森豪子爵這個害她家破人亡的罪魁禍首後，奈娜給人的感覺整個變了，以前的她，總給人一種很壓抑的感覺，就像一座隨時會爆發的火山般，帶有不安定的危險氣息。可此刻的奈娜卻給我一種安心感，曾經我以爲這樣的她只會在卡萊爾面前展現，想不到我現在也有幸親身感受到了。

這簡直就像炎夏烈日與嚴冬艷陽的分別啊！前者讓人不適，後者卻令人覺得窩心溫暖。

這段小插曲過後，我們便回到空中庭園中央。與只有偷情的貴族男女才有興趣的庭園角落不同，這兒衣香鬢影，戴著面具的權貴笑語盈盈地或在敬酒、或在跳舞，充滿著喜樂的節日氣氛。

分散進場的同伴們很有默契地逐步聚集在一起，對權貴來說，宴會本就是個把五湖四海的人集中在一起聯誼的社交機會，無論認識或不認識，都會藉著這個機會交談兩句、套套交情。拜此所賜，我們這些穿著明顯來自不同團體服裝的人即使聚集在一起也不會惹人注目。

美麗的煙火代表國王將現身致辭，城堡的城門伴隨著群眾爆發出來的強烈歡呼而緩緩打開，早於城門外守候的民眾，歡天喜地地走進城堡下區廣闊的草地。

與在空中庭園舉行宴會的權貴不同，普通平民只能止步於遙遠的草皮上，卻無損他們難得進入城堡外圍的興奮。對於普通平民來說，被高高圍牆所包圍著的城堡是神祕的，他們只能從柵欄中窺豹一斑。這麼想來便能理解爲什麼站在這麼遙遠地方的他們會如此興奮了，因爲能夠看到城堡全貌的機會根本就不多嘛！

權貴們全數停下手上的動作，往鐘樓方向聚集。按照傳統，煙花出現後，國王便會在鐘樓現身致辭，敲響十二下鐘聲，代表豐收祭正式開始後更會親自爲豐收月內出生的孩子取名。

我與同伴們交換了一個眼神，便不著痕跡地移動至眾權貴的最前端、最接近國王現身的位置。

隨即，在宮廷樂師們演奏出歡樂輕快卻不失優美莊重的音樂下，父王緩緩在城堡的鐘樓現身，居高臨下地俯視著一眾低頭行禮的國民。

ch.5 行動展開！

「就是現在！」我拔出收藏在查理斯家族提供的空間戒指中的長劍，在眾人震驚的視線下，足下用力一蹬，以最快的速度往前衝去！

在我們行動的同時，眾騎士兄弟也開始行動了！他們兵分兩路，一方迅速包圍不知內情的衛兵，另一方則是一字排開，策馬把位處空中庭園的權貴與外圍的平民趕在一起，瞬間便把場面控制下來。

「是四公主！衛兵，殺了她！」瞪視著取下面具、從人群中現身的我，父王……不！黑影殺氣騰騰地下達了絕殺令。然而就在城堡的衛兵們遲疑著是否要拔劍之際，肯尼士老師安插於衛兵裡的內應便發揮作用，紛紛反手把仍未搞清狀況的同僚擊倒。

當初菲洛告知我們會找一些信得過的衛兵作內應時，我其實是不太贊成的，就怕知悉內情的人多了，會把事情洩露出去。後來是因為想到在我逃離王城的時候，全仗衛兵的信任與幫忙才能夠全身而退，這才猶豫著答允了這個提案。

從結果看來，薑果然還是老的辣，雖然以皇家騎士的實力，要擊敗這些衛兵並不是太困難的事，然而卻無法做到兵不血刃的效果。

畢竟這些衛兵也只是聽命行事，能夠不傷人命的話，我還是希望和平解決。

我們乘著衛兵們窩裡反這個混亂無比的大好機會，很快便衝至鐘樓那唯一的出入口，忽然，近百道穿著黑衣的身影從天而降把我們牢牢包圍。

是暗衛！

與效忠於整個王室的皇家騎士不同，人數只有百多人的暗衛是直屬於國王的武力。每個暗衛都是精英中的精英，他們只聽令於國王一人，與守護騎士一樣是國王最忠心耿耿的核心戰力。

與守護騎士不同的是，暗衛總是藏身於暗處，除了保護國王的安全外，他們還會執行偵察、暗殺、臥底等見不得光的任務，平常絕不輕易現身。即使是我這個四公主，也從未看過暗衛的眞面目，想不到這次有幸招惹來他們百多人的全員突擊！

換作以前，若有人告訴我有一天神祕的暗衛會爲了殺我而傾巢而出，我必定只會當作個笑話來聽，可現在眞的發生了，我卻笑不出來，多希望這眞的只是個笑話啊……

「就知道抱怨，眞沒出息。」

唔唔唔，女神大人，這是暗衛耶！您到底知不知道他們有多強、多難纏？我只是在心裡抱怨一下也不行嗎!?

就在我於內心悲鳴不已之際，速度最快、跑在最前頭的我，便要遭遇第一個暗衛了！

首次面對傳說中的暗衛，說不緊張絕對是騙人的，但現在我也只能硬著頭皮上了。雖然我不像暗衛般受過殘酷嚴格的訓練，可是對於從小苦練出來的劍術，我還是很有自信的。何況現在的情況也容不得我退縮，只能盡全力拿出最大的本事，把這些暗衛們擊退！

就在我將要迎上暗衛的攻擊之際，一道速度快得幾乎看不清的影子從旁掠過，伴隨著野獸的嘶吼聲，以雷霆萬鈞之勢撲至暗衛身上。

能夠當暗衛的人果然全是出類拔萃的精英，面對突如其來的猛烈攻擊，沒有把時間花在後退或停頓上，只略微調整下腳步的角度，便輕鬆閃過迎面而來的襲擊。然而這名暗衛還是太小看敵人的身手了，這道快得只能看見模糊輪廓的身影，借力於鐘樓外壁，用力一蹬便於半空中矯捷地轉了一彎，高速加上強大的力量，竟讓這暗衛毫無還擊之力地被撲倒在地！

到了此刻，我才看清楚代替我迎上暗衛的影子竟然不是人，而是一頭漂亮的黑豹！

豹子的皮毛黑得發亮，一片片亮麗的彩光隨著牠肌肉的活動而流洩於純黑之中，透露出令人炫目的優雅美感。流線型的體型孔武有力，看黑豹甩動鞭子般的尾巴把另一名暗衛擊傷時，我不禁雙眼發亮，只差口水沒有嘩啦嘩啦地流。

好美！好強！好聰明！我也好想養一頭喔！

感覺到我的注視，黑豹回首瞪了我一眼，那雙琉璃似的淡藍眸子透露出無奈與輕蔑。我竟然被一頭豹鄙視了！

「還愣在這兒做什麼!?」責備的聲音響起，熟悉的男聲令我皺起眉，再次仔細上下打量了黑豹一眼……

媽呀！這聲音、這眼神……他是班森！

「眞、眞是抱歉！我現在立即走、馬上走！」眞是嚇死我了！萬一被班森知道我剛才還美滋滋地想著要把他當寵物養……我一激靈，打了個冷顫。

我剛才的想法實在太可怕了！若被班森知道後，後果一定更加可怕！我定要讓它爛死在肚子裡，絕對不能讓別人知道，不然光是丟臉也丟臉死了！

班森的出現，就像象徵開戰的炮火，一時間野狼、花豹、獅子、老虎……一個個恢復獸體的獸族從人群中擁出。身邊的人忽然變成了野獸，嚇得早已是驚弓之鳥的民眾驚叫連連。還好我們早就安排了人手控制現場，獸族的現身雖然引起一陣恐慌，卻沒有造成混亂的失控局面。

同時晴朗的天空出現了無數黑點，巨鵰、獵鷹……只要是擁有攻擊力的猛禽全都出現了。暗衛的實力的確強得變態沒錯，然而他們只有百多人。面對洶湧而至的洪水猛獸，也只能勉強支撐，再也騰不出手來對付我們。

在獸族大發神威的同時，荒族與查理斯家族的團隊也先後發難。荒族本就是全員皆兵的族群，至於代表查理斯家族出席宴會的，根本就是叛亂組織的人，兩者都絕不是好惹的，加入戰團後，聯合獸族把暗衛逼得節節敗退。

「天呀！這是什麼？」

「是火鳥！我曾聽吟遊詩人吟唱過牠的故事！」

「火鳥？傳說中的神獸？我該不會在作夢吧？」

不再掩飾身分的柏納從一隻可愛的橘色小鳥恢復成優雅高貴的火鳥型態，如果說剛才班森那威武的黑豹模樣會讓我見獵心喜地想把他帶回家收藏，柏納的火鳥型態卻讓我只想抬首仰望，生不出絲毫褻瀆的心思。

吸引著民眾的視線、高高盤旋於半空中的柏納並沒有加入戰團，只在出現重傷者時，向傷者施放出火鳥獨有的復活之火。火光下本來重傷垂危的傷者們，瞬間便恢復至全盛狀態，再度生龍活虎起來。

不光是獸族，就連暗衛也是柏納照顧的對象，只是雙方的待遇卻差得多了。基本上獸族的傷稍微重一點便能獲得火焰進行恢復，然而暗衛卻是到快要死時才被施以一點點小得可憐的火光。多次下來我總算弄懂了，柏納根本就沒有治好敵人的心思，只是穩定著他們的傷勢，讓對方不至死亡而已。

我感激地朝柏納點點頭。雖然我與這些暗衛們沒有多少交情，但畢竟他們是父王的心腹，之所以要殺我，也只是想要保護主人而已。看著他們被暗黑之神當工具用後，還要不明不白地被殺，我也於心不忍。何況暗衛若出現傷亡，父王清醒以後一定會很傷心的！

柏納的分寸掌握得很好，令他們保持著重傷不能移動的狀態，卻又不會危及暗衛的性命，這個牧師……呃……這位獸王大人真是太給力了！

有著獸王這個比牧師更生猛的守護神在，短時間內我方可說全無性命之憂。暗衛那邊雖然也備有迅速回復的藥劑，卻遠不如柏納的火焰來得有效。

樓高六層的鐘樓內部，是條弧度誇張的螺旋樓梯，從小我便覺得設計城堡的人必定與王室有著不共戴天之仇，不然城堡內部的設計九曲十三彎不說，怎麼上個鐘樓也要讓人辛苦得幾乎去掉半條命？

這座螺旋型樓梯根本就是設置來耍人的吧？

可惜現在並不是抱怨的好時機，我們只能爆發最大的力量，迅速攀上鐘樓。眾人之中我與克里斯的動作最靈巧（其實我覺得少年比我還快，只是他沒有發力越過我而已），然而讓人跌破眼鏡的是第三名，竟是體力最弱的夏爾！

我凝神細看，卻發現夏爾的雙腿聚集了一大堆風元素，於魔法袍下不時閃過點點綠光。

正想著是不是厚著臉皮讓夏爾浪費一點魔力，也幫我施加一些風元素之際，上一個樓層忽然射出兩顆帶著熾熱高溫的火球！

樓梯上能閃躲的空間不多，面對著來勢洶洶的火球，我只能硬碰硬地用劍將其擊落。手中的長劍本就只是在市集買回來的普通貨色（平常使用的長劍由於刻有王室標記，早在離開王城時便被我留在妮娜家裡了），在火球的撞擊下，瞬間便砸出幾道細微的裂痕，害我嚇出了一身冷汗。

敵人顯然不想讓我們有喘息的時間，上方馬上又再度亮起三道火光，在火球射出前，更有兩名早就潛伏在旁的暗衛現身往我方殺來！

他他他、他們剛才到底躲在哪裡的？樓梯上根本就沒有地方藏身啊？

驚嚇之餘，我果斷地放出銀燕，此刻手中那劍身滿是裂紋的長劍也不知道還能支撐多久，即使小海燕的麻醉針每用一次便須等一段時間才能再次使用我也拚了，現在不是保留實力的時候！

我正要驅使銀燕來個卑鄙的偷襲……咳！來個華麗的反擊時，一個與暗衛同樣一身的黑、卻很熟悉的背影閃出，把我護在背後，並二話不說地與迎面而來的敵人戰在一起。

諾曼？真是見鬼了！他又是什麼時候出現的？

我忽然覺得刺客還真是個討厭的職業！也許他們的敵人之所以死亡並不是被刺殺，而是被嚇得心臟病發暴斃的！

三人所選用的武器俱是散發著寒光的黑色匕首（我絕對有理由懷疑這些匕首全都淬了毒！），正所謂一寸短一寸險，再加上雙方的速度也是極快，短短數下呼吸的時間中，雙方已過了數招。單憑一人之力承擔暗衛第一波突擊的諾曼明顯處於下風，然而兩名暗衛竟一時間也在男子身上討不了便宜，這讓我對這位不苟言笑同伴的實力有了新的認知。

在三人展開精彩攻防的同時，位於上一個樓層的魔法師也將火球射出了！熾熱的火球就像有靈性般繞過纏鬥著的諾曼與兩名暗衛，直直往身處後方的我們轟過來！

我心疼地緊了緊握劍的手，似乎這把長劍眞的保不住了。魔法部隊不是素來不出席豐收祭的活動嗎？怎麼鐘樓上會出現魔法師？而且對方還有如此強大的魔法控制力，在火球越過暗衛時，竟完全沒有傷及二人分毫，可見這名魔法師的等級絕對不低！

從魔法師射出火球、暗衛現身、諾曼出現，一連串的事件聽起來好像過了很長的時間，其實卻是在電光石火之間。利馬看我危急，竟一把揪起夏爾，並把少年當作球般向前擲來！

在夏爾化身爲流星的瞬間，我好像看見兩行淚水如噴泉般從他眼睛噴出，於半空中劃出兩道晶瑩的軌跡……

利馬還眞狠！夏爾可是脆弱的魔法師啊！

我放棄了所有防禦、衝前接住夏爾的時候，隱約聽到少年身上傳來「啪」地一聲、晶石破裂的清脆聲響，隨即一道透明的魔法護盾便出現在我們身前，把敵人的魔法攻擊完美地抵擋下來。

「噫？」火球消散的同時，一個蒼老聲音從上方響起，隨即一名紅光滿面、體型略胖的老人鬼頭鬼腦地探出了上半身。老魔法師的目光掃射至夏爾身上時，竟一個激靈，使出魔法從上一個樓層飛身而下，一手指住夏爾怒吼：「又是你這個小煞星在壞我的好事！」

說罷，這個強大的魔法師竟然捲起衣袖，想要衝上前向夏爾施以老拳！

兩名暗衛見狀大驚，一名留在原地與諾曼對峙，另一名已閃身阻擋在老人身前：「肯塔基大人！請退回轉角處！」

然而這個名叫肯塔基的老人卻沒有因暗衛的阻擋而打消與夏爾近身肉搏的念頭，被制止前進的他，邊拚命想要越過暗衛，邊怒不可遏地叫罵：「夏爾你這傢伙果眞是上天派來故意與我作對的煞星！三次害我的協會炸掉就罷了，怎麼連王室內亂你也要參一腳來搗蛋？你以爲這是小孩子在玩家家酒嗎？」

夏爾整個人躲在我身後，只露出眼睛怯怯地向老人問好：「肯塔基爺爺好。」

「老頭子我很不好！非常不好！」一看便知道價值不菲的魔杖被怒髮衝冠的老

人用來敲打地面，敲得「咚咚」作響，若這魔杖的木材不是以堅硬著稱的紫檀木所製，說不定已在老人的暴力下被攔腰折斷了。「好了！小子，念在你擁有一身不錯的魔法天賦，現在立即給我轉身離開，我可以請求陛下不追究這件事。」

老人的出現顯然把夏爾嚇得不輕，不過這孩子倒是很有義氣，對方的威嚇不但沒有讓他退卻，甚至還弱弱地回了老人一句：「肯塔基爺爺，我、我不可以走，因爲我答應過小維會幫忙的。」

聞言勃然大怒的老魔法師揮動著魔法杖就想要衝過來，嚇得夏爾慌忙拉起魔法袍上的連衣帽，把頭顱遮掩住，拚命把小身子往我身後縮：「不要再打頭了！會變笨的！」

再？

似乎這位就連暗衛也要對他客客氣氣的老者，與我們隊伍中的小魔法師關係不淺的樣子。

肯塔基雖然一直表現得怒氣沖沖地向夏爾喝罵，然而話裡卻有種恨鐵不成鋼、氣急敗壞的意味，與其說他在生少年的氣，倒不如說老人盡力想要保全夏爾、讓他不要捲進王室的紛爭中。

必須保護這莽撞現身老魔法師的暗衛不得已放棄搶攻，虎視眈眈地阻擋在通道上，一時間形成雙方無聲對峙的僵局。

想要到達鐘樓頂層的通道，就只有我們腳下這條螺旋梯，要上去必定要先過擋路的老魔法師與暗衛這一關。就憑肯塔基對夏爾的善意，我很希望可以與對方坐下來好好談談，並且有信心最終能說服他。但現在我們卻浪費不起時間！王城的水很深，獸族與皇家騎士們不可能永遠把場面控制下來。我必須在魔法部隊及駐守在外的城衛軍趕到以前，把父王的事情公諸於世，不然情況只會變得對我方益發不利。

畢竟現在的我可是謀害國王的通緝犯啊！只怕黑影會用這一點作為攻擊我的手段。四公主的聲望是很不錯，但在民眾的心裡，天空之王——傑羅德．菲利克斯卻是人類心目中永遠的英雄！

「夏爾，這位肯塔基先生到底是誰？」按照慣例，宮廷魔法師不會在國王鳴鐘時出現在鐘樓上，這也是肯尼士老師會把我方兵力大部分部署在鎮壓民眾與衛兵們的原因。

那麼，這個老頭到底是誰？

其實我這個問題可說是懷著某種自欺欺人的想法，只因老人剛才對夏爾的責罵，早已透露出讓人膽戰心驚的訊息。之所以有此一問，只是因為我強烈希望是自己猜錯了，他千萬不要是我想的那個人啊！

夏爾怯怯地回答：「肯塔基爺爺是魔法協會的會長。」

我無力地嘆了口氣，果然是魔法協會的人啊！難怪他會說出「三次害我的協會炸掉」這種話……

是協會的人也就罷了，這名老者竟然眞是妮娜老掛在口邊咒罵的會長！是那個傳說中與龍族交好、於降魔大戰時擔任魔法部隊的最高司令、世上爲數不多的聖階魔法師！

可惡！你這個會長不好好待在魔法協會裡，跑到鐘樓來湊什麼熱鬧？

彷彿看出我們的想法，肯塔基的臉上浮現出惡劣的笑容：「會遇上我只能說你們這群小崽子不走運。最近我總感覺到王城潛伏著一股不祥的黑暗氣息，而且還隱隱有種感覺，這種力量的矛頭正指向傑羅德陛下！」

我不禁驚訝地瞪大眼睛，不愧爲聖階強者，雖然察覺不到父王被暗黑之神附體的眞相，但竟然單憑氣息便感受到暗黑之神的惡念，實在太厲害了！

我撇了撇嘴：「可是據我了解，魔法協會是全大陸性的組織，並不效忠於任何國家。」

言下之意就是，你又不是效忠王室的宮廷魔法師，國王怎樣又關你什麼事了？

夏爾拉拉我的衣服：「小維，所有協會的魔法師在入會宣誓時必定得遵守一些既定條約，包括不能以活人做實驗、在不危及自身安危的非戰鬥狀況下，不能任意入侵他人的精神領域等等。觸犯以上規則的人，將被認定爲邪惡法師，所有協會的魔法師皆有清理門戶的責任與義務，包括會長大人。要是遇上邪惡法師而置之不理的話是不行的，事後被揭發的話，會受到很嚴重的懲罰。」

對於魔法概念一知半解的我，這才知道原來魔法師也有邪惡不邪惡這種劃分。

也就是說，會長大人你摩拳擦掌地跑到王宮來，就是幫你口中的邪惡魔法師把我們這些勇者打跑嗎？

本公主非常委屈啊！誰來告訴他那個邪惡法師就躲在他要保護的國王體內啊？

就在我們全都懲悶不已之際，多提亞越群而出，並姿勢從容優雅地向肯塔基行了一禮：「會長大人，好久不見了。」

多提亞溫和的微笑本就有種令人放鬆的感染力，一出面便令現場緊繃的氣氛緩和了一點。

「是帝多家族的小鬼啊！想不到會在這種場合遇上這麼多熟人。看在與你父親的交情上你走吧！我可以裝作沒看到你。」

喂喂！這位會長大人怎麼老是喜歡挖我牆腳？這樣很過分喔！

多提亞苦笑道：「很抱歉，會長大人的心意我只能心領了。我是不會離棄殿下的，相信其他同伴亦是如此。」

聽到多提亞的話，躲在我身後的夏爾怯怯地點了點頭。

肯塔基表情複雜地看著我：「殿下還眞是受人愛戴啊！可我就是不明白，一直致力遠離王位的您，爲什麼要做出如此大逆不道的事情。」

我嘆了口氣：「會長大人，也許你對我的了解並不深，可難道你不清楚夏爾與多提亞的個性？你認爲他們會去幫助一個爲了奪取王位而不惜弒父的人嗎？」說罷，我不待對方回答，轉而看向兩名護在老人身前的暗衛：「同樣地，你們也許不了解我，但你們還不了解父王嗎？難道你們不覺得父王這一年間性情大變，簡直就像換了一個人似地？」

肯塔基聞言神色大變，兩名暗衛雖然臉上包著黑布、看不出神情的變化，但握住匕首的手上那微不可見的顫抖卻出賣了兩人內心的震撼。

我的話明顯讓老魔法師動搖了：「有我們看守著也鬧不出大事，也許讓四殿下通過、看看她有什麼要對陛下說？」

「我們的職責是保護陛下，所有對陛下有威脅的人，殺！」位處右邊的暗衛首次發言，嗓音如同其人般冰冷，就像一把出鞘的利刃般殺氣凜然。

我揉了揉發疼的額角，心頭生起了深深的挫敗感。

無法溝通，完全無法溝通啊……

就在此時，一個輕佻卻低沉動聽得讓人產生酥麻感的嗓音從後響起：「小花花，殺很大喔！」

ch.6 交戰！暗黑之神

聽到這嗓音的瞬間，我很不爭氣地放鬆了下來。幸好這個人還是現身了，不然面對法聖，即使拚上性命，也只能鬧個兩敗俱傷，這絕不是我希望的結果。

不知道什麼時候出現在群體中的伊里亞德，嘴角勾起一個惑人的微笑，閒庭信步的他完全看不出絲毫緊張感。彷如高貴藍寶石般的暗藍雙眸所注視的，並不是最具威脅性的魔法協會會長，反而是那名殺氣騰騰的暗衛。

他說的「花花」該不會是這一位吧？我說團長大人，你連暗衛也指染了嗎!?

意外的變故，就連夏爾也禁不住八卦一下，抬頭天眞地說道：「眞想不到這個暗衛那麼凶，卻是個女孩子。」

我很認眞地回以一句：「據我所知，暗衛成員全是男的。」成功令少年瞬間石化。

雖然看不見「花花」的表情，可自從伊里亞德出現後，這位暗衛的殺氣便以幾何級數增長著，顯然被對方氣得不輕。

偏偏我們的隊伍中還有利馬這個大剌剌的楞頭青在，完全無視對方的殺氣、哈哈大笑道：「一個大男人叫花花！這個該不會是你的眞名吧？」

不得不說能夠成爲暗衛的人果然皆是心志堅定之輩，就以眼前這位花花先生爲例，竟然能夠忍住、沒有衝上前把利馬刺穿幾個窟窿，一身定力著實不錯。

面對利馬（其實我也很好奇啦！但沒膽子問……）的疑問，伊里亞德喜孜孜地自首了：「『花花』是我替納瑟斯取的小名，是不是很可愛？」

原來他的名字是納瑟斯。因爲與水仙花同名，便被團長大人惡搞成「花花」了嗎？還眞是個可憐的人……

似乎全然察覺不到對方的殺意，伊里亞德完全陶醉在自己的回憶中。「想當年我在城堡初遇花花時，他只有這麼高。」男子邊說邊伸手在大腿位置比了比：「多年不見了，當年那個人如其名、如水仙花般清麗脫俗的小美人都成了暗衛……」

當我們猜測著伊里亞德下一秒便會發出時光飛逝之類的慨嘆時，團長大人卻說出了很剽悍的變態發言：「如此一來也別有一番風味呢！吃起來更有成就感。」

……靜。

唔唔唔！我剛才好像聽到團長大人在公然調戲父王的暗衛？而且對方還是個男的!?

「受死！」即使納瑟斯的定力再好，也忍不住出手了。面對暗衛狂風般的攻擊，伊里亞德卻只是站在原地打了一個響指。

瞬間光芒四溢，一個又一個看起來亂七八糟、卻散發著強大力量的符文從樓梯蔓延至四周牆壁、天花板，瞬間便把眾人包覆在光芒之中。

老魔法師肯塔基雙目滿是駭然：「這是魔法陣？不！怎會有這種排列形式的魔法陣？」從夏爾的解釋得知，在成爲魔法學徒、初次接觸魔法的那天起，世人對魔法陣的認知便是一個又一個既定的圖陣。可這個伊里亞德，卻把整個鐘塔內部當作魔法陣來使用，這到底需要多強的魔力以及控制力才能做到？

「爲什麼不可以？爲何魔法陣就一定要拘泥於五芒星、圓等的圖形？只要實用就可以了吧？難得這樓梯除了幾扇通風的小窗子外，便是個密閉的空間，正好整個當作魔法陣來個大包圍。畢竟我的對手可是傳說中的暗衛與法聖閣下，不另闢蹊徑又怎能陰到你們呢？」伊里亞德慵懶地伸出手指一點，隨即兩名暗衛竟然平空消失了！

本已被伊里亞德使用魔法陣的方式衝擊得頭昏腦脹的肯塔基，見鬼般尖叫了聲：「空間魔法!?」

相對於敵方的震驚，我們一行人倒是見怪不怪了。我甚至還閒情逸致地想，要是被肯塔基知道伊里亞德的空間魔法是以偷偷用來與美人幽會爲動力而研究成功的話，不知道老人會有何感想？

「以我們兩人的魔力，要是大家認眞起來，這座鐘樓瞬間便會被炸得渣也不剩。因此只好請你們轉移至一個空曠點的地方，好讓大家可以盡情玩玩。」說罷，團長大人向我揮揮手，在自個兒轉移的同時，也把所有敵人都傳送離開。

魔法陣失去主人的魔力後，隨即停止運作，覆蓋於四方八面的光芒也緩緩地消散無蹤。本來僵持不下的僵局這麼容易便被伊里亞德打破，害大家一時無法回過神來，甚至還產生了不眞實的感覺。

不愧是受到各種族敬畏、在降魔之戰大放異彩的「闇法師」，一個法聖、兩名暗衛就這樣子被他弄不見了……

雖說被傳送離開的伊里亞德將要面對以一敵三的局面，但我們卻絲毫沒有爲他擔心的意思。這個男人一直以來的神奇已令我們產生一種「團長大人無所不能」的感覺；而且想到伊里亞德對待納瑟斯時的曖昧態度……也許我們跟著傳送過去的話，他反而會覺得我們礙眼呢！

暗衛皆被獸族等人阻擋在外，鐘樓內部埋伏的敵人也被伊里亞德弄走了，暢通無阻的我們，很快便來到鐘樓最頂端，也就是父王所在的樓層！

我不清楚侵佔父王軀體的暗黑之神能夠發揮出全盛時期的幾分力量，可是根據伊里亞德與妮娜的猜測，這些年因受到封印而積弱、再加上附身後無時無刻需要使用強大的神力來壓制父王的靈魂，黑影所能使用的神力有全盛時期的百分之一已經很好了，我們絕對有與他一拚的機會。

眼前的父王容貌依舊，可是與一年前相比，卻明顯變得憔悴許多，先前即使是臥病的時候，他的神色也沒有這麼差。果然，一副軀體是無法同時容納兩個靈魂的，再這樣下去，結果不是其中一方被另一方吞噬，便是像珍珠與花火般，身體承受不了而逐漸潰爛。

「卡洛琳……」父王……不，暗黑之神在看到我的瞬間失神了，臉上露出非常悲傷的神情。即使對方是侵佔父王身體、害我像過街老鼠般逃亡了將近一年的罪魁禍首，在看到祂那充滿痛苦與眷戀、就像被遺棄的孩子似的眼神時，我還是不由得心裡一軟，對對方的怨恨也減退不少。

可現在並不是同情敵人的時候。此刻我所揹負的並不只有我自己，還有父王的性命、同伴們的安危，以及整個菲利克斯帝國！

要是無法驅逐暗黑之神，那不止父王有危險，整個帝國也會跟著倒楣，因此即使對祂再心軟，該做的事還是要做！

至今仍未看到妮可與凱特的身影，雖然我相信凱特不會讓妮可出意外，但還是不禁爲同樣需要覺醒血脈的侍女擔心起來。

何況我們還把希望——取得對付暗黑之神的「晨曦結晶」這任務下放到妮可與凱特身上，雖然妮可留言表示她必定會如約趕至，但時間可不等人，現在的狀態已容不得我們猶疑了。

我們早已準備了後備計畫，即使妮可趕不及，我們也不是全然束手無策。至少先一步接近暗黑之神的我們，還是可以趁對方心神大亂之際來試驗一下「晨曦結晶」對驅逐黑暗能產生什麼效果。

此刻暗黑之神仍沉溺於過往的傷痛中，緩步接近對方的我，從衣服口袋裡抽出一個金光閃閃的玻璃瓶，這正是在日出之鎮亞伯拉罕尋找晨曦結晶時，妮可以鉅款從米高手中討過來的金砂。

趁著敵人恍神之際，我悄悄拔出玻璃瓶瓶口的木塞，準備將裡面的金砂潑至黑影身上。

十步、九步……當我與暗黑之神的距離只剩下五步左右時，我那隻握著玻璃瓶的手一揚，便想暴起發難，出手的同時，雙眼卻不期然對上了對方的視線。隨即暗黑之神那雙木然的眼神猛地一寒，竟瞬間清醒起來！

「是妳！妳不是卡洛琳！妳是那個凶手，我認得這雙眼睛！」暗黑之神憤怒地嘶吼。

糟糕！雖然我的樣子像是母后的翻版，可是唯有一雙眸子卻遺傳了父王的紫藍色調……

隨著對方的怒吼，黏稠的黑暗氣息就像烏雲般化爲黑色光暈，徐徐向外擴散。伴隨著令人毛骨悚然的哀號，一道道由魔法元素組成的風刃，從黑暗四周的空間激射而出。我不由得想起到訪石之崖時，貉族族長就曾談及上任獸王死於一名使出風刃的少年之手，時之刻也是在那時不翼而飛的。雖然我仍無法確定他口中的少年是不是卡利安，但此刻我至少確認了當年的風刃果然是暗黑之神的力量！

兩名王姊以爲自己能掌控一切，誰知道自始至終她們都被一個只有孩子心性的神明耍著玩。這就是所謂的玩火者終被火焚吧？

隨著風刃而來的，還有曾在古遺跡肆虐的死靈。暗黑之神的攻擊太突然了，加上死靈與風刃的數量太多、太密集，即使我們早已凝神戒備也不由得被對方攻擊得手忙腳亂。還好克里斯與夏爾反應快，及時施出魔法盾，阻擋掉大部分攻擊，我方才不至於在第一輪攻擊下便出現傷亡。

暗黑之神不愧是位處高階的神祇，雖然先天神力不足、加上十多年的封印期間，力量被削弱不少，可是瘦死的駱駝比馬大，其爆發出來的力量絕對不容小覷。即使我們自問已把祂看得很強大，但眞正面對時，還是發現小看祂了。

在暗黑之神召喚死靈的同時，一個受到黑暗氣息侵蝕而變得傷痕累累的虛影出現在父王身後。

「天空之神。」女神大人充滿悲傷的嘆息瞬間於我的腦海中響起。

世上擁有最強大的力量、產生出最多神祇的「母親」非穹蒼莫屬。無論是代表母后與暗黑之神的光與影、月之女神克洛莉絲、三王姊的本命神祇太陽神，或是父王所屬的天空之神，都是穹蒼的孩子。尤其天空之神更是繼承了最多穹蒼力量的神明，對女神大人來說是猶如長兄般的存在。

此刻在女神大人眼前，卻上映著兄弟相殘的慘劇，天空之神更爲了守護父王的靈魂而用盡所有神力，最終落得被暗黑力量侵蝕得慘不忍睹的下場，女神大人又怎會好受？

雖然對於沒有身體的神族來說，彼此不會像人類的兄弟姊妹般擁有血緣關係，但……終究是同一母親所生的孩子啊！

滿天風刃飛舞間，一道黑色人影於刀刃中快速穿梭，看起來竟像顆劃過天際的流星，展現出異樣的美感。竟是諾曼以驚人的速度閃避過一道又一道致命的風刃攻擊，就連密集的死靈也對他莫可奈何。

這個男人可說是天生的殺手，此刻的諾曼，散發出冰冷的殺氣，殺意猶如帶血的劍刃般，直直指向暴走的暗黑之神！

「不可以！」身處諾曼與暗黑之神中間的我，舉劍格開了男子的匕首。顯然已動了殺心的諾曼竟全然不顧被暗黑之神所侵佔著的父王，一身令人戰慄的殺氣展現了男子不把敵人消滅誓不罷休的決心。

「讓開！不然別怪我不念同伴的情分！」對於我的阻擋，諾曼只是冷冰冰地回以一句。

同伴的咄咄逼人讓我感到難受，我毫不懷疑諾曼這番話的真假。這個冰冷的男子所效忠的，並不是菲利克斯王室，如果我繼續阻撓他，他真的會對我舉刀相向！

但我又怎能眼看父王的軀體受到傷害？

當然我明白以大局為重的道理。要是事態到達嚴重的境況，我不反對以傷害父王軀體為手段，來削弱暗黑之神的力量，但現在的情況還不算太壞，真正的晨曦結晶也尚未到手，我們還是有希望的，不是嗎？為什麼諾曼就不能信任妮可離別時所下的諾言呢？

「在不傷害父王的前題下驅逐暗黑之神，我們不是早就說好了嗎？」

看到我一臉受到背叛的難過神情，諾曼臉上的冰冷總算有了一絲鬆動。雖然男子仍沒有收歛起殺意，但總算願意稍微解釋他的行動了。「之所以答應妳的要求，是因為我錯估了敵人的實力，現在的狀況我無法確保卡萊爾能夠在對方的攻擊下安然無恙，只能變更計畫。」

也許是回想起暗黑之神把死靈爆出的驚險一刻，諾曼身上的殺氣變得益發凌厲起來。這個冰冷得即使身處群體中卻仍像頭孤狼的男人，曾在我把卡萊爾拉下水一起旅行時對我很鄭重地說過，任何威脅到卡萊爾的人都是他的敵人。叛亂組織的成員全是有著各自故事與困難的人，他們陸續被卡萊爾撿回查理斯家族成為少年的玩伴、伴讀、護衛、不可替代的伙伴。卡萊爾對他們來說不單是恩人，還是兄弟、朋友，生命中最重要的人。

看到諾曼堅定的眼神，我發現我無法再責怪他了。下意識往卡萊爾的方向看去，卻見青年拚命想要上前阻止諾曼，卻由於奈娜與死靈的阻擋而寸步難移。其他同伴的活動範圍也侷限在魔法盾的範圍中，他們沒有諾曼卓越的速度與閃避能力，只能瞪著眼乾著急。

「看！那些刺客來到鐘樓頂層了！」

「保護陛下！絕不能讓這些刺客得逞！」

戰鬥所爆發出來的動靜，終於驚動了地面上的人群，本來被衛兵與騎士們控制住、緊繃著神經旁觀大戰的人群中不知誰大喊了聲，場面頓時騷動起來。

無論是暗衛還是不知內情的衛兵，甚至那些手無寸鐵的平民與貴族，也瞬間變得鼓譟。果然，民眾的力量若爆發起來，永遠都是最強大的，再加上我方不願意傷及這些不具武力的普通人，混亂間竟還真的被他們衝出了一道缺口，瞬間擁到了皇家騎士、獸族、荒民、叛亂組織、衛兵與暗衛等人大混戰的區域，場面頓時失控！

想不到父王的魅力竟然大得讓這些人不顧一切，此刻完全變成了反派角色的我，已經不知道該哭還是該笑了……

看清楚好不好！我們很明顯才是被圍毆的一方啊！

暗衛不愧是能力最強、也最爲忠心的護衛，即使他們身爲我方的重點「照顧」對象，但乘著這場突如其來的混亂，還是有二十多人成功擺脫了獸族等人的糾纏，往鐘樓掠來。

就在暗衛們正要成功衝往鐘樓唯一的出入口之際，一道由魔法形成的黑色牆壁猶如大型屏風般，將鐘樓完全包圍起來，任憑暗衛們如何衝擊也穩固如初。隨即一道婀娜多姿的嬌艷身影於鐘樓入口處現身，隔著半透明的魔法牆壁笑盈盈地盯著衝不進去的暗衛看。

是妮娜！

「怎會是她……爲什麼……爲什麼就連妮娜也離棄我？」地面的騷動把我們的目光全都吸引過去，看到妮娜選擇與我們並肩作戰時，暗黑之神失魂落魄地踉蹌著後退了數步，那猶如被遺棄般的孩子神情，讓我不由得心生不忍。

女神大人曾說過神族是沒有軀體、長生不死的種族，自然不會經歷人類的生老病死，祂們的心性在出生時便已經決定了。現在看到暗黑之神的神態，我才眞正明白伊里亞德與妮娜當時所說的話的意思。

即使擁有漫長、沒有盡頭的生命，可暗黑之神卻只是一個孩子而已。

透過父王的容貌，我彷彿再次看見在時之刻幻境裡那個三頭身的小小黑影。

我正起了臉、嚴肅地說道：「妮娜從來沒有離棄你，從來沒有！只是因爲你走了一條錯誤的路，她想把你拉回來而已。」

暗黑之神愣了愣，竟然不理會一旁被我阻擋著、殺氣騰騰的諾曼，逕自低頭沉思起來。

我欣喜地看著包圍在暗黑之神身邊的黑暗元素竟然淡薄了些，隨即風刃與死靈也一點一點地逐漸消散。

就在大家鬆了口氣之際，一道帶著水氣、令人充滿不安的惡念在暗黑之神的身上曇花一現地一閃而過，隨即黑影臉上閃過一絲猙獰。「我沒有錯！錯的人是傑羅德！還有妳，你們都是壞人！是殺死卡洛琳的凶手！」

隨著暗黑之神激動的發言，風刃與死靈再度肆虐，那股充滿惡意與不祥氣息的水氣，也像獲得力量般變得更爲濃郁，彷彿正在向我囂張地露出得逞的笑容。

諾曼皺起眉，可惜這次優秀的刺客還來不及做出任何動作，便被趕過來的卡萊爾抓個正著。伙伴們早就乘著死靈靜止的機會聚集到我身旁，這讓我暗暗放下了心頭大石，只要卡萊爾還記著我對查理斯家族的恩情，有他看著諾曼的話，應該鬧不起大風浪了吧？

被卡萊爾拉住手臂的諾曼，回首看著阻止他的青年，一雙冰冷的銀色雙眸竟隱隱浮現出懇求的神情。卡萊爾見狀，勾起一個充滿歉意的笑容，態度卻異常堅決：「諾曼，再給維斯特……不！再給四殿下一點時間吧！這不止包含了我對殿下報恩的心情，同時也是讓國家恢復榮輝的希望。」

清澈無瑕的金棕眸子對上諾曼憂心忡忡的眼眸，卡萊爾那招牌式的孩子氣笑容總是有著撫慰情緒的神奇功用。「不會有事的！我不是在溫室裡長大的花朵，而且要是有任何萬一的話，不是還有你與奈娜在嗎？」

彷彿想要印證自己的話，卡萊爾靈巧地舞動著手裡的長劍，搶先把諾曼身邊好幾個正重新開始活動的死靈斬散。青年的劍法並不凌厲，卻總能掌握最適合的時間、出現在最適當的位置。卡萊爾的劍是保護的劍，總能完美地讓同伴發揮出數倍的力量。我想也只有他的劍，才能與出手狠辣詭異的諾曼配合得如此天衣無縫了吧？

感受到卡萊爾的堅決，諾曼與奈娜同時嘆了口氣，隨即兩人竟不約而同地狠狠瞪了我一眼。一向冷冰冰、好像永遠不會有情緒起伏的諾曼不用說，就是奈娜在與我和解後，還是首次向我露出如此凶惡的眼神。理虧的我在被嚇了一跳後，也只能苦笑相對了。

不同於忙碌應付著死靈的同伴們，我一直被克里斯穩穩保護在魔法盾內。白色使者所使用的魔法與人類魔法師使出的魔法有著本質的差異，那種混合著濃濃生機的元素氣息，讓死靈本能忌憚著，只敢遠遠在魔法盾外圍遊走卻不敢接近。

「殿下，也是時候讓他們知道真相了。」克里斯舉起白皙修長的手往虛空一指，天空隨即出現一道巨大的銀白光幕，把鐘樓的狀況清晰投映在上面。

「天呀！那些黑色的是什麼怪物？」

「太可怕！光是看著已令人感到毛骨悚然！」

聽著從光幕傳送回來、來自地面的驚叫聲，我不禁產生一種沉冤得雪的感動，怎料下一秒便聽到有人怒吼：「這些卑鄙的刺客竟與如此污穢的死靈聯合！」

正躍上鐘樓圍欄的我，差點因爲這句話而一個踉蹌往下掉。

喂喂喂！你這雙眼睛到底一廂情願地在看什麼啊？看不見我們正在與死靈作殊死戰嗎？你哪隻眼睛看到我們與死靈是一伙的？

強忍住罵人的衝動，我唸出克里斯所教導的咒文，讓一頭隨風飛揚的短髮回復新月的顏色。隨即在所有人震驚的視線下，我鄭重地用著凜冽的語調向在場所有人道出了自己眞正的身分。「根據帝國法律，在國君受到控制、無法自主思考期間，身爲在場唯一直系血親的我——西維亞．菲利克斯，將擁有帝國的最高領導權。」

頓了頓，一雙凌厲的紫藍眸子俯視了廣場上目瞪口呆的眾人一圈，我這才用莊嚴的語氣下令：「我會在眾位面前證明自己的清白，現在所有人先給我住手！」

其實用不著我下令，在我戲劇性地表明身分時，已把所有作戰人員的視線吸引過去、讓爭端暫時靜止下來。現在受到明確的指示，我方的戰鬥人員立即恭敬地把劍尖垂下，隨即皇家騎士、衛兵們、荒族、帝多、查理斯以及與我交好的貴族們，都紛紛低下他們高傲的頭顱，齊道：「一切謹遵殿下吩咐。」

ch.7 守護騎士

暗衛以及不知實情的城衛兵等人，雖然仍是如臨大敵般警戒著，卻很有默契地沒有繼續出手攻擊，顯然內心還是因爲我的出現而受到動搖了。

在公開身分的瞬間，我這才眞眞正正感受到王族所代表的意義，以及當中所包含的榮耀與責任。

這些向我行禮的人、爲我而戰的人，我能給予他們什麼？也許這個一直被我逃避著的責任確實很沉重，但我從來都不是只有自己一人，永遠也不是只有自己孤獨奮戰。

維，別擔心，我們會幫妳的。

回想起多提亞曾對我說過的話，我終於明白當時在酒吧裡騎士們話裡的期盼、信任、寵溺與忠誠。

他們願意爲了理想、爲了忠誠與榮耀而付出性命，曾經這種輕視生命的話語讓我無法接受，可是現在我卻明白了。

因爲我也願意爲了守護同伴而付出自己的生命。

看到暗衛等人的反應，我不得不感慨當個好孩子還是有好處的，至少這些年來我也算是累積了一個好名聲。要是此刻衝上鐘塔的人是二、三王姊，先不論能不能獲得皇家騎士等人的承認，只怕那些只效忠父王的暗衛們第一時間便會殺上來，哪還會給我解釋的機會？

「妳有什麼證據證明我受到控制？哼！暗衛，給我動手！」暗黑之神雖然本質上是個小孩，但也不是全無心機的傻瓜，該利用的優勢還是懂得利用。

看到地面的暗衛蠢蠢欲動，皇家騎士與叛亂組織等人也不得已緊了緊握劍的手，氣氛頓時又變得一觸即發。

我抿了抿嘴，忽然把一直握在手心裡的玻璃瓶用力一揮，燦爛的金光於半空劃出一道美麗軌跡。瓶裡的金砂隨著我的動作飄散於半空中，就像一場奇幻的黃金雨般閃閃生輝，好看極了！

雖然根據克里斯之前的判斷，這麼少的分量無法對暗黑之神造成太大的傷害，但卻能逼使對方集結闇元素來抵抗，這也是我之所以如此有把握的原因。

即使無法驅逐祂離開，卻足已證明自己的清白了。

每當金砂觸及父王軀體時，總能從中逼出一股黏稠、濃郁得肉眼可見的闇元素；同時，暗黑之神也發出彷彿受到強大痛楚、聲嘶力竭地慘叫。可惜這些少量的金砂雖然確實能對暗黑之神造成某種程度的傷害，卻無法將其逼離父王的軀體。

痛苦中，暗黑之神猛然爆發出一股狂暴的能量，受到這股神力牽引，正在鐘塔頂層肆虐的風刃與死靈，忽然變得更加難纏。

整個過程在克里斯的魔法下映照得清清楚楚，身處鐘塔下的眾人相繼譁然。誰都知道傑羅德是個對魔法一竅不通的劍士，而且他的本命神祇——天空之神，是光明屬性的神祇。即使父王眞有涉足魔法領域，這種充滿黑暗的魔力也絕不是父王所能施展出來的。

「怎會這樣？難道他眞的不是陛下？可我們絕不會把宣誓效忠的人認錯的！」

「我們一直跟隨在陛下身邊，要是陛下被掉包，絕對不可能瞞過我們所有人！」暗衛們無法置信地辯駁著，然而看著他們驚駭無比的眼神，其實他們心裡早已承認了這個人並不是眞正的國王，只是一時無法接受這個眞相而已吧？

畢竟我說的話若是眞的，也就是說父王在暗衛的眼皮下受到了傷害，對於將任務看得比性命更重要的暗衛來說，這嚴重的失職是絕對無法接受的。

察覺不到父王被附身其實也怪不得他們，只能說暗衛被先入為主的想法誤導。正因為他們從沒停止過對父王的貼身保護，即使感覺到父王性格上的轉變也不會往附身的方向想去，結果在得知真相時，反倒不如皇家騎士或衛兵們容易接受。這也是為什麼在聯絡內應時，多提亞會反對我們聯絡暗衛的原因了。

不得不說，有多提亞在身邊，就是讓人安心！

阻擋住鐘塔出入口的妮娜收起嫵媚的笑容，一臉認真地說道：「小丫頭所說的話是真的。雖然你們眼前的人確實是傑羅德，可是靈魂卻不是，他的身體被暗黑之神侵佔了。」

聽到妮娜合情合理的解釋後，暗衛們閉上了嘴巴不再言語，沒有人知道這些冷酷無情、只著重國君安危的精英們到底在想著什麼。

雖然金砂無法把暗黑之神驅離父王身軀，可也能對祂造成嚴重的傷害。受到晨曦結晶的洗禮後，纏繞在父王身上的闇元素顯然薄弱不少，甚至神色也變得萎靡不振。

見狀，我再度遊說道：「我知道你恨我，可是當年的事情是悲劇，沒有人希望這種事情發生。父王曾對我說過，我是母后拚了性命也要保護的生命、是母后生命的延續。我這麼說並不是要取代母后的位置……只是……只是希望你能看開一點，原諒別人，也原諒自己。」

我想，我開始明白暗黑之神的想法了。

只怕對暗黑之神來說，最不能原諒的人其實是祂自己。因爲懊惱著自己爲什麼沒有一直留在摯愛的姊姊身邊，就連對方嚥氣前的最後一面也來不及見到，於是這孩子開始努力想把所有過錯都推到別人身上，至少這樣能讓自己的心情好過些。

我不知道珍珠留下的那絲惡念影響到底有多大，但這孩子（雖然暗黑之神無論是輩分還是年紀都比我大，可是我實在無法喚這麼幼稚的人作舅舅）的做法實在有夠任性耶！

「我知道你難受，可是我的日子好過嗎？自小失去了母后，我也很難過啊！還要長年累月地應付兩名王姊的找碴，她們只差沒在我背脊紋上『剋死母親的掃把星』這八個字了！」想到忿忿不平的往事，我禁不住飆了起來，本公主我也很委屈很無奈的說。

想不到我說著說著便激動起來，暗黑之神顯然有點跟不上我的思緒，臉上露出吃驚的表情。

多提亞輕柔地揉了揉我的短髮，嘴角勾起包含寵溺與憐惜的苦笑：「殿下，妳離題了。」

聽到多提亞的稱呼，我愣了愣，這才反應過來現在我的身分已不是可以與同伴們任意胡鬧的傭兵少年維斯特，而是四公主西維亞．菲利克斯。相隔近一年的時間，再次從多提亞口中聽到「殿下」這個尊敬但疏遠的稱呼時，真有點不習慣，而且不知為何，心裡有點小小的不爽。

我還是……還是比較喜歡大家在這段時間對我的放肆，維、小維、丫頭、小貓咪……雖然是一堆亂七八糟的稱呼，但卻讓人感到很溫暖。

不過從另一個角度想，我們的一舉一動皆透過光幕映照在民眾眼裡，平常多提亞在公開場合守規矩且自律，揉頭髮這種親暱的小動作是絕不會在大庭廣眾之下出現的。想到多提亞對我態度上的轉變，我的心頭瞬間生起一種甜滋滋的感覺，滿心的委屈與不爽都消失了。

果然，愛情會令人變蠢的嗎？

被多提亞這麼一打岔，暗黑之神也終於從被我罵了一頓的愣然中反應過來。

只見對方凝望我的眼神中少了一絲怨恨，卻多了一點讓人看不出是悲是喜的複雜情緒。

下一秒，一絲充滿不祥氣息的惡念從暗黑之神的眼底升起，隨即對方的眼神便恢復了先前的陰霾。「妳不用再說了，我是不會原諒妳的！」

這已經是我第二次看到惡念的效果了，這個珍珠留下的惡意種子在生根發芽後所產生的影響比我想像中更大。看情況，想要用言語來打動祂似乎是不可能了，也只能先把祂強行驅逐再說！

我看了看將要升上天空正中位置的太陽，雙眼堅定地緊握手中的劍。地面上都是我們的人，此刻身處鐘塔頂層的暗黑之神可說是插翅難飛了，要對付祂也不急於一時。面對著受到金砂攻擊而元氣大傷的暗黑之神，把祂拖延至妮可出現時的自信我們還是有的。

暗黑之神忽然勾起一個意味深長的笑容。「告訴妳一件事，我並沒有讓卡利安與軍隊一起留守石之崖，而是派遣他到其他地方了。」

我愣了愣，心想那又怎樣？我剛剛已在空中庭園遇上卡利安了，早就曉得對方不在石之崖。另外，潔西嘉也告訴我不光是卡利安、就連駐守的軍隊也一併離開……

雖然不明白暗黑之神這番話是什麼意思，但祂的笑容卻讓我打從心底生起一股寒意。

還來不及細想對方的話，心思細密的多提亞以及身爲組織首領的卡萊爾卻幾乎異口同聲地驚呼：「你對鎭守邊境的大軍下了什麼命令？」

兩人的質問讓暗黑之神開懷大笑起來，志得意滿的神情彷彿孩子在向父母炫耀著出色的傑作，然而看在我眼中，卻只感到毛骨悚然。「我不止討厭妳，還討厭整個菲利克斯王族、討厭你們的國家。這個國家的人死光了最好。」

「你幹了什麼？」多提亞收起淡然優雅的微笑，美麗的祖母綠眸子透露出凝重的神色。其他同伴也屏氣凝神地等待暗黑之神的回答，顯然大家都察覺出不妥。

暗黑之神也不負眾望，很快便把祂的計畫和盤托出：「你們菲利克斯不是與史賓社公國的國王是姻親關係嗎？卡利安說史賓社那個貧瘠的國家在新王的帶領下已今非昔比，成了國力足以與你們媲美的強國。要是我派兵攻打史賓社公國一定會很好玩吧？」

即使正値溫暖的中午，我還是覺得一股寒意從心底迅速擴散至四肢百骸：「你讓皇家騎士團第四分隊，以及駐守石之崖的正規軍去攻打史賓社公國？」

暗黑之神看著我蒼白的臉冷笑道：「正確來說，是讓他們聯合邊境的三十萬大軍去攻打史賓社；順道一提，卡利安回來就是告訴我這個好消息，他是出色又忠心的部下，還給我出了一個這麼有趣好玩的主意，我可捨不得把他留在那邊等死。」

我擔憂地握住多提亞冰冷的手，如果要說兩國的戰爭給予我們深深的無力感，那麼卡利安的事對多提亞來說，無疑是個更巨大的打擊。親哥哥竟然把國家帶入戰亂中，身為弟弟的多提亞又怎會好受？

就連我也猜不到卡利安會這麼狠，菲利克斯帝國畢竟是他出生成長的國家啊！看到多提亞如此難過，我的心緊緊地揪痛起來。

可是想了想卻又覺得不對，那個人、那個替妮可傳遞訊息的人明明就是……雖說我只見過他少年時代的模樣，可我不可能會把人認錯的啊！

對於自己一句話便能造成如此大的反應感到很滿意似地，暗黑之神高興地補充：「現在你們的大軍應該已經與史賓社公國打起來了，再過不久戰火便會延燒至菲利克斯的國土上吧？你說對不對？卡利安。」

隨著暗黑之神的視線，我們驚訝地看到一名戴著金框眼鏡、長相與多提亞足有八、九分相像的青年與一名陌生男子站在我們背後。

陌生男子觸及我的視線時，還向我微笑了下，他正是那個曾跟蹤過我、並留下妮可親筆書信的人。

卡利安還是一如以往般，渾身上下散發著生人勿近的高傲氣息，動作間的優雅與從容，無一不顯示出對方接受過良好的貴族教育。這人正是暗黑之神的爪牙——卡利安．帝多！

「你是怎麼上來的？」妮娜明明已幫忙把鐘塔的出入口堵住，這個人到底是怎樣神不知鬼不覺地混進來？

卡利安用看白痴的眼神白了我一眼：「伊里亞德．諾林的魔法是暗黑之神所教導的，既然他能夠自行研究出遠距離傳送陣，難道殿下您認為我利用暗黑之神的神力會連一個小小的鐘塔也無法登上嗎？」

我還真的從沒想過這個問題……

的確，就連珍珠與花火在那種半死不活的狀態下也能夠把人傳送出結界之外，似乎闇系魔法（魔族本身就是屬於闇體質的生物）是使出傳送陣的捷徑，我們竟然忽略了這麼重要的事情！

敢情暗黑之神這傢伙並不是被我們堵在這兒走不掉，而是根本就不想走，特意留下來用兩國戰爭的消息來打擊我們啊！

忽然我感到多提亞用力反握了一下我的手，很緊很緊，卻控制著力道，沒有把我弄疼。在我還來不及做出反應時，多提亞已放開我的手，緩慢並堅定地走到卡利安的面前。

「大哥。」多提亞臉上再也看不到一絲笑容，誰都聽得出這聲「大哥」充滿著多沉重的複雜情緒。

卡利安瞇起一雙與兄弟一模一樣的祖母綠眸子，視線定在多提亞臉上良久後，移至青年手裡那把刻有家族徽章的長劍上：「怎麼了？你要對我拔劍相向嗎？」

我與利馬緊張地等待多提亞的回答，青梅竹馬的我們都知道這對帝多家族的兄弟雖然各爲其主（當然那時候我們一直以爲卡利安是二王姊的人），但私底下的感情其實很不錯。卡利安的性格確實很討厭，但無可否認，他挺會照顧人。由於身爲家族族長的父親並沒有太多時間與孩子相處，照顧弟弟的責任便落在卡利安身上。對多提亞來說，對方是個亦兄亦父的角色，從小他便很敬佩這個各方面都優秀出色、鋒芒畢露的兄長。

有時候我也會暗暗慶幸，多提亞雖在卡利安的教育下成長，竟會產生出完全相反的性格，這還眞是幼兒教育的奇蹟啊！

多提亞是個很重感情的人，不要說他是卡利安照顧著長大的，單是二人之間血濃於水的關係，已令青年難以向對方下狠手。

強烈的掙扎從多提亞的臉上一閃而過，隨即卻被堅定所取代。「我的身分是皇家騎士團第二分隊騎士長，維護帝國的榮耀、保護國土是我的職責。」

卡利安挑了挑眉：「也就是說，你下定決心要與我爲敵了嗎？」

多提亞沒有說話，卻把長劍的劍尖指向卡利安，這無疑已是最好的回答。

對於弟弟的決然，卡利安不但沒有表現出絲毫意外，甚至還露出了讚賞的神色。只見男子姿態悠閒地舉步往前，直直往多提亞的方向走去。隨即在我們眾人緊張的視線下，卡利安卻越過了多提亞，逕自走到暗黑之神面前。

「主人。」卡利安旁若無人地向暗黑之神單膝跪下行了一禮，這是騎士的最高禮儀。青年的動作行雲流水般優雅無比，充分展現出貴族的良好禮儀。

然而暗黑之神卻不滿地皺起眉：「卡利安，你爲什麼不攻擊？難道你還有所顧忌嗎？還有這個男人是誰？」說罷暗黑之神把視線轉向那名與卡利安一同現身的神祕男子。

卡利安不卑不亢地回答：「相比這些小事，主人，我有重要的事情需要立即向您稟報。」

不待暗黑之神發話，卡利安逕自站立起來。只見青年伸手托了托鼻梁上的眼鏡，祖母綠的眸子閃過一絲淡淡的嘲諷。「剛收到消息，由阿瑟率領的大軍已暫時收編在史賓社軍隊裡，現正集結於邊界，隨時準備視乎情況進攻。」

峰迴路轉的變化不止讓暗黑之神反應不過來，就連我們也震驚了。

「卡利安，你這麼說是什麼意思？你該不會……其實是大王姊的人吧？」此刻我眞有種想掐自己一下的衝動，看看究竟是不是在作夢。

起先我們一直以爲卡利安是二王姊的人，後來卻發現這男人其實是忠於暗黑之神的間諜……那也罷了，現在對方的眞正主人卻有可能是大王姊？這算什麼？間諜再間諜嗎!?簡稱間間諜？

他該不會過一陣子，又說自己其實是某某的人，是個間間間諜吧？

現在仔細一想，先前卡利安雖然表面上作惡多端，但他每次都是依二王姊的命令行事，這些事情即使他拒絕，還是會有替代的人去做。要說這個男人眞正作惡的一次，也只有搶走時之刻一事，而事件中受害死亡的也只有擁有重生能力的獸王！

這個男人……難道他一直以來都是故意把傷害程度減至最低？

「小妹可別胡說，什麼『卡利安是大王姊的人』，說得好像我戴了綠帽子似地……要不是看在這傢伙是你的守護騎士的份上，早在他帶領大軍壓境時，潘蜜拉已派人把他們轟走！」一個有點耳熟的嗓音從樓梯口的陰暗處傳來，我立即被對方話裡的內容嚇倒了。

什麼守護騎士？誰的守護騎士？我的？我怎麼完全不知道!?

在我們震驚的目光下，卡利安很戲劇性地從懷中拿出一卷羊皮紙。「不相信的話，您可以打開來看看。」

我木然地接過這卷羊皮紙，打開後整個人都呆掉了。見鬼的！他竟然連委任狀也有了？

表情不比我好多少的多提亞盯著這份委任狀好陣子後，總算回過神，伸手指向羊皮紙末端的簽名：「維……妳看。」

我順著多提亞所指示的方向看過去，驚見委任人並不是我的簽名（我不禁鬆了口氣，這至少能夠證明我沒有失憶症……），而是卡洛琳．伊迪蘭斯亞！

如果說這個「卡洛琳」有可能是與母后同名同姓的人，那「伊迪蘭斯亞」這個姓氏，卻完全證明了對方精靈族的身分。整個大陸上也只有精靈族會以精靈森林伊迪蘭斯亞爲姓氏，以表達對這個孕育他們成長的森林的喜愛與感恩。

看到委任狀的簽名後，我終於明白卡利安的身分是怎麼來的。根據帝國法律，父母能夠在孩子成年前替他暫定守護騎士的人選。這些由父母代爲挑選的守護騎士，年紀大多比孩子年長得多，幾乎可算是貼身保母與護衛的混合體。

但由於「守護騎士」這珍貴的名額只有一個，大多數王族都希望能親自挑選與自己年紀相近的心腹，基本上，現在已很少有父母替孩子委任守護騎士的例子了。

聽說肯尼士老師就是王爺爺替父王所立的守護騎士。當年王爺爺身患重病，害怕年幼即位的父王孤立無援這才想出了這個方法來拉攏沒有任何勢力背景的大劍士肯尼士。這計策的確很成功，父王的性命多次都是肯尼士老師所救下來。

當年在父王的成年禮上，肯尼士老師雖然主動表示想要退位讓賢，然而父王卻堅持不許，這也是爲什麼父王與肯尼士老師的歲數有所差距的原因。

想不到在我還在肚子裡打滾的時候，母后竟已替我選定了守護騎士的人選，而且還是個當年只有九歲的小鬼！

混亂無比之際，腦海裡忽然閃過一幕充滿溫馨感覺的場景……

在開滿鮮花的空中庭園裡，一名懷孕的年輕少婦接過了黑髮少年獻上的花朵。

果然，那名擁有新月髮色的少婦以及曾被我誤認爲是多提亞的男孩，便是十七年前的母后與卡利安嗎？

ch.8 精靈族的相助

我愣愣地看著卡利安一臉冷靜地把委任狀收回懷裡。良久，我才不確定地詢問：「你眞的是我的守護騎士？」

男子臉上閃過一絲不耐煩的神色，眼神更是赤裸裸地表達出我所問的根本就是個白痴問題。「殿下還需要我把委任狀再借給您看一次嗎？」

「呃……不用了……」我弱弱地應了一句，隨即一臉壞笑。

因爲我忽然想起這傢伙是我的守護騎士，也就是說他是我的直屬部下對吧？也代表我可以命令他了？

我饒有趣味地盯著卡利安那張臭臉看，心裡衡量著是否下令要他每次看到我都要笑？還要是非常燦爛的那種，看他跩什麼跩！

不愧是與我爲敵了十多年的人，卡利安一眼便看出我的不懷好意，不慌不忙地說道：「我是妳的守護騎士沒錯，但任期只到殿下成年爲止。」

唔……可惡！待事件完結後，我一定要補辦一次成人禮，把卡利安的身分定下來，然後便可以狠狠整治他了！

對於卡利安這個間間諜的身分，最驚喜的人莫過於多提亞，如此一來，他就不必和兄長拔劍相向了。何況卡利安再怎樣說也是帝多家族的人，叛國是大罪，只要家族中有人參與，總會帶來不好的影響，嚴重的話，讓這個輝煌古老的家族從此一蹶不振也不是不可能。

多提亞打從心底盼望著卡利安這個「間間諜」的身分，自然不會對兄長的話提出任何質疑，然而卻不代表其他同伴也是如此。卡萊爾向多提亞歉意一笑後，便提出了疑問：「卡利安伯爵閣下，爲了能夠待在敵方的陣營，以便更好地保護四殿下，你選擇成爲二殿下幫凶這一點我是明白的。可是我很好奇你爲什麼幫助暗黑之神破除封印？要知道這不同於二、三殿下的『小打小鬧』，這可是關乎國王陛下的性命、關乎整個國家的事情！」

卡利安略微沉默了一會兒，我竟看到對方那對素來高傲銳利的眸子閃現出溫暖的光芒。雖然卡利安掩飾得很好，但還是被直覺敏銳的我瞬間捕捉到了。

在我們對話的期間，暗黑之神並沒有發動攻擊，只是一臉不甘地站在一旁等待，也許祂也想要弄明白事情的眞相吧？

卡利安深深看了暗黑之神一眼，「因爲這是卡洛琳殿下的願望。」

聽到母后的名字，暗黑之神禁不住露出焦急的神色：「什麼意思？」

卡利安沒有回答這個曾經的主人的質問，卻向我一臉高傲地攤開了手：「時之刻借我。」

……要不是顧忌時之刻是獸族重要的傳承之物，我眞想把指環往卡利安的臭臉甩過去！

我果然還是不爽這個人！

接過我遞上的時之刻（結果我還是不敢把指環當作凶器亂擲），也不見卡利安有什麼大動作，手裡的金色指環便發出一陣光芒。頓時在覺醒儀式時遇到的那種映照出過往時光的影像出現了！

可這一次也不知道是不是沒有生命之樹幫助的關係，浮現在腦海裡的影像遠沒有我當時所經歷的眞實。要知道那時候時之刻的幻象幾可亂眞，要不是有「引路者」的帶領，我也許早已深陷其中，分不清幻境還是現實了。

同樣是花園裡的場景，不同的是，這次少婦與男孩的臉不再朦朧不清。兩人的身分果然如我所猜測般，正是十七年前的母后與卡利安！

獻上花朵的男孩臉上是濃濃的孺慕之情，若不是這張臉與現在的卡利安有幾分相似，我眞不敢確定幻境中的男孩是小時候的卡利安。

我從來……從來沒有見過卡利安露出這種柔軟的表情。

接過男孩獻上的淡黃小花，母后欣喜地輕輕一笑。見狀，小卡利安輕輕鬆了口氣，有點傲、又有點老成的語調說道：「您總算笑了。」

母后摸了摸臉：「有那麼明顯嗎？」

小卡利安一雙機伶的祖母綠眸子翻了個大大的白眼：「白痴才會看不出來。您這幾天老是摸著肚子在嘆氣。」說罷，孩子略微猶豫了一下，便接著詢問：「能告訴我，讓您如此苦惱的到底是什麼事情嗎？」

母后饒有趣味地盯著一臉老成持重的男孩，打趣道：「怎麼了？先前讓你做我孩子的守護騎士還一臉不願意的樣子，現在那麼快便投入角色了嗎？」

小卡利安「哼」了聲：「我擔心的是您，才不是您肚子裡的那位。」

「呵，就會嘴硬，你這個嘴硬心軟的小傢伙。」母后笑了笑，猶豫片刻後頷首說道：「的確，既然決定把孩子託付給你，也該把所有事情讓你知道才對。」

於是母后便把她與暗黑之神的身分，以及與魔族之間的恩怨向男孩坦誠相告。

把事情交代完畢後，母后嘆了口氣：「我不知道弟弟祂現在怎樣了，可是我有預感如果祂真的迷失了自我，那麼祂有很大的機會還會對傑羅德出手，甚至……還有這

個孩子。」說到這裡，母后的手再度撫上肚子，幽幽地嘆了口氣：「手心是肉，手背也是肉，我真的很可憐喔！」

饒是小卡利安心智再沉穩，也被母后的故事震懾得不輕，更何況現在他還只是個九歲的孩子，只見他一張精緻的小臉全皺了起來，表情活像將有末世浩劫降臨。

看到男孩的神情後母后樂了：「你也不用想得太困難，說不定這只是我杞人憂天而已。不是有句話『挫折是通往成功的必經之路』嗎？年輕人，我看好你唷！」

小卡利安囧了，我想我此刻的表情應該也差不多……

看到男孩因自己的話而無奈地皺起眉、同時從緊張與震驚中冷靜下來，母后輕輕地笑了：「卡利安，你可以答應我嗎？好好保護這孩子……」母親拉著男孩，讓對方的小手按在她的肚子上，翠綠的眸子一片溫柔。「還有……幫助我的弟弟。祂是個害怕寂寞的人，無論如何請不要讓祂孤獨一人，好嗎？」

如夢似幻般的影像逐漸消退，我看著卡利安默然把時之刻交還到我的手裡，澀聲問道：「因為母后的要求，所以你將暗黑之神解放，讓祂侵佔父王的軀體嗎？」

卡利安皺起了眉：「魔族的惡念與暗黑之神已完美地融合在一起，祂不斷利用這股力量燃燒自己的生命，試圖破除封印。要是不讓祂出來，就只能把祂困在裡面直至神力耗盡消散爲止。更何況，當年祂可是直接找上了到古遺跡探索的我，我可不敢拒絕祂的要求。」

「……其實最後那句話才是主要原因吧？」

男子一臉高傲地抱起雙臂，用著理所當然的語氣說道：「我相信任何人在這種狀況下都不會拒絕對方的要求來找死。難道殿下認爲我一個區區的凡人能夠在拒絕神祇的要求後全身而退嗎？」

「可、可是……」卡利安的氣勢讓我不由自主地退縮，但長期與這男人敵對的我，還是很快地反應過來：「可是你就這麼有自信能夠掌控暗黑之神的動向，不讓祂把傷害擴大嗎？」

卡利安居高臨下地俯視著我（他比我高！可惡！），這一次我明顯看到男子的嘴角勾起令人火大的戲謔笑容：「告訴殿下您一個祕密，那位『創神』的團長大人可是共犯喔！要不是有闇法師幫忙解除暗黑之神施加在我身上的咒語，我又怎能違抗祂的命令？」

欸？

欸欸欸？

不期然想起伊里亞德使出空間魔法，強行把一個法聖、兩個暗衛以及自己傳送離開的事情，我嘴角一抽，心裡生起揍人的衝動……

他是逃跑吧？這傢伙在這節骨眼離開，分明就是怕被我知道眞相後秋後算帳！竟然、竟然騙了我們這麼久！

原來自始至終伊里亞德與卡利安都是一伙的，難怪我被卡利安的軍隊抓走後團長大人完全不理不睬，因爲他知道即使沒有人營救，卡利安也會找機會釋放我！

可惡！我有種被人矇在鼓裡耍著玩的火大感。「算你說得通，可是做臥底也罷，你就不能偷偷告訴我實情嗎？」

「那是陛下的意思。他認爲這是個讓您成長的好機會，不給予殿下一定的危機感可不行。要是讓殿下對我們產生出依賴感，也許再過一百年，您仍是逃避王位逃避得遠遠的，永遠無法醒悟身爲王室成員的眞正使命與責任。」

我幾乎要吐血了。

敢情父王這個最大的受害者也是共犯啊……他早就知道暗黑之神覬覦他的軀體，並以此作復仇的籌碼吧？

彷彿看出我內心的不爽，卡利安幸災樂禍地繼續解說：「暗黑之神是卡洛琳殿下的兄弟，因此陛下對祂的安危非常重視，絕不願看到祂為了解除封印而力竭消散。要是沒有經過陛下的同意，即使拚上性命我也絕不敢協助暗黑之神向陛下下手。」說罷，卡利安還露出一臉慷慨就義的樣子，看起來實在酷得不行。

就在我氣不過他那副表面上很酷、實際卻是得意忘形的嘴臉，正想反脣相譏之際，一股不祥的感覺突如其來地湧現於心底。

我駭然看向安靜得詭異的暗黑之神，也許其他人看不出什麼，但我卻清楚看到一道黑色火焰正在父王身上熊熊燃燒著，最驚人的是，這虛幻不真實的火焰雖然沒有對父王的軀體造成任何傷害，卻給我一種比眞實火焰更危險的恐怖感。

這道肉眼看不見的火焰不但沒有火焰應有的炙熱，反倒隨著它的出現，令四周氣溫猛然驟降，拜此所賜，其他同伴也察覺出不妥了。濃厚得令人產生出窒息感的闇元素充斥整個空間，不光是我們，就連鐘塔下那些完全沒接觸過魔法的平民也感覺到了，開始騷動不安起來。

只見暗黑之神定定凝望著背叛他的卡利安，眼神是毫不掩飾的失望與恨意。神力以超乎尋常的速度攀升著，隨著四周的闇元素愈來愈濃烈，暗黑之神自身的氣息卻反而逐漸衰弱起來。

「祂在燒燃自身的生命力，並將之轉化成攻擊的力量。」女神輕柔的嗓音難得透露出凝重的感覺。

死靈與風刃盡數消散，稠密的闇元素甚至令空間產生微弱的動盪，伴隨而來的陣陣寒意，更是讓我頭皮發麻。「您不能夠想想辦法嗎？話說除了小銀燕以外，女神大人就不能給予我其他幫助嗎？」最好就是親自下場與暗黑之神來場殊死戰，神族V.S.神族至少比我們有勝算不是嗎？

在我們於腦海裡對話的同時，同伴們皆不約而同地向暗黑之神發動攻擊，以圖阻止對方繼續以這種可怕的速度聚集闇元素。可惜無論是劍還是魔法，都盡數被濃稠的闇元素所阻擋，傷不到對方一分一毫。

「我們與祂不同。暗黑之神從降生起，神力便一直被妳母后卡洛琳所侵食，雖然後來卡洛琳爲了保全祂而選擇轉生，可是帶有缺憾的神力並不是一朝一夕能補充回來的。何況祂還受到惡念扭曲。暗黑之神本已不是完整的神祇，此刻被惡念主宰的祂，更像是其他生命體。」

也許正思考著該怎樣用言語讓我理解，女神大人的聲音略微停頓了一會兒，隨即柔和動聽的嗓音再度於腦海中響起：「世間萬物都有著應有的法則，愈是強大的生命體所受到的規限便愈明顯，我們神族也身處法則的規限內。這也是爲什麼我們只能利用契約者來收集信仰之力，爲什麼神族的力量會來自於其他種族，爲什麼我不能直接出手介入人間紛爭的緣故。」

「我只能透露這些給妳，知道太多對妳並沒有好處。世界是以一個微妙的平衡點來維持著。神族的力量太強大了，任意介入會令世界崩潰。暗黑之神的力量與我們相比過於弱小，卻正因如此而巧妙地不在法則的限制之內。」

我聽得迷迷糊糊，這種深奧的問題果然不是我所習慣的。總而言之，就是女神大人無法直接出手，我所能依仗的就只有自己，以及同伴的力量了。

在闇元素的包圍下，一個又一個充滿黑暗氣息的死靈再度平空現身，密集程度相較於先前的數量更甚。還好我們與這些動作遲緩的死靈都是「老朋友」了，對於他們的攻擊模式早已駕輕就熟。何況此刻還有克里斯在，精靈的自然魔法對死靈的傷害雖比光明祭司略遜一籌，但仍有著致命的攻擊力。

面對不停湧現的死靈大軍，克里斯唸出一段優美得猶如歌謠的精靈文，眾人的長劍便浮現出淡淡的翠綠光芒，在自然之力的包覆下，長劍終於能夠眞正觸及死靈，令虛無的死靈變得如同擁有實體般，相繼被斬殺在眾人劍下。

濃厚的闇元素很快便擴散至地面，同時也代表著這些一點兒也不討喜的死靈開始出現在民眾面前。在民眾的驚呼聲中，前一刻還互相對立的暗衛、皇家騎士、獸族、衛兵以及荒族，不約而同地包圍在民眾四周，把這些手無寸鐵的人保護在包圍圈內。

起先他們還是聚集成一個個小團體各自為政，直至實力最弱的衛兵險象環生，卻被獸族出手相救以後，這些曾經不同立場、甚至是不同種族的人開始聯手抗敵。各方截長補短下，竟實力大增地穩穩把民眾護在包圍圈裡，即使死靈的數量再多，也無法越雷池半步。

「殿下，需要幫忙嗎？」白色使者清冷的嗓音在混亂中清晰地傳進我的耳中，反手把從身後偷襲的惡靈斬殺後，我往身體泛著銀光、變得若隱若現的精靈少年看過去，並且不禁在心裡小聲嘀咕……

精靈的幽靈模式真是太強大了！不但可以裝鬼嚇人，隱身後就連死靈都忽略了他……該不會是把他當作幽靈之類的同類才不去攻擊吧？

就在我不爽著克里斯的袖手旁觀而瞪了對方一眼時，卻驚訝地發現一隻羽毛不停變幻著不同色彩的小鳥，不知道什麼時候站在少年的肩膀上，眨著一雙紅寶石般的眼眸盯著我看。

對這美麗又稀有的神階魔獸我早已一見難忘，即使在混亂的狀況下，仍能一眼辨認出這並不是普通的小鳥，而是擁有著世上最快的速度、最美的歌聲——精靈王的契約伙伴，天鈴鳥！

揮劍斬殺接近的兩名死靈，我沒有拒絕體內另一半血脈族人的協助，這個時候我必須爲同場作戰的同伴們負責，只要是能夠減少戰友傷亡的幫助，我都會欣然接受，現在可不是矯情的時候！

獲得我的頷首，天鈴鳥眨了眨眼睛，便使出肉眼看不見的高速，倏地消失不見了！

下一秒，一段清脆動聽的婉轉歌聲從上空傳出，聲響並不大，卻蓋過戰場上各種殺戮的聲音，傳進所有人耳裡。隨即一支支包覆著自然之力的箭矢從天鈴鳥的方向平空射出，只是一輪攻擊便殺滅了一大片死靈！

目瞪口呆的我這才想起天鈴鳥這種神階魔獸除了速度與歌聲外，還有一種特殊的能力：牠能成爲兩個不同空間的連接座標。這次天鈴鳥便是使用這種能力，爲遠在石之崖的精靈們聯絡與定位，結果箭矢的奇襲獲得了非常卓越的效果。

也因爲這種力量，天鈴鳥被精靈們稱爲「莎莉絲亞」，意即「引路者」之意。

嗯？引路者？

腦海中浮現起一個外貌與我有六、七分相似的小小身影，那時候時之刻裡的孩子也是自稱爲「引路者」，難道是巧合嗎？想到這裡，我不由得從衣服裡拉出圈在銀鍊子上的時之刻，眼神於指環與天鈴鳥之間來回打量。

一直關注著我的安全的克里斯見狀，微笑道：「伊里亞德創造時之刻時，曾經使用了一支天鈴鳥的羽毛作爲力量基石。」

雖然對魔法方面並不精通，可是我也聽出時之刻裡面的引路者果眞帶有天鈴鳥的定位能力，難怪能夠那麼準確地遊走於記憶時空裡。

精靈的攻擊不光讓我方、就連本就沒什麼思想意識的死靈也呆掉了。一時間吵鬧的戰場變得寂靜無聲，所有人的視線都落到天鈴鳥，以及一支支插在地面的箭矢上。

「這是精靈族的箭！」在場除了戰士與平民外，還有著大量前來參加豐收祭的貴族。他們一眼便認出這些雕刻著優美花紋銀箭矢的來歷，畢竟無聊地花費時間在箭上雕刻、並且擁有如此出眾工藝的種族，就只有那些長年宅在森林裡的精靈們。

隨即眾人便把視線投放至我身上，看我的眼神頓時變得不同了。

我可以猜到他們在想什麼。支援我的人不單有掌控著藥劑知識的荒族、商場首屈一首的大家族查理斯，甚至還有暗黑神教的大祭司與石之崖的獸族，每一方都是跺跺腳便能引起地震的角色。現在發現我的身後還有精靈族的身影，又怎能不讓他們敬畏不已？

果然權力與人脈也是自身實力的一種啊……

萬分感慨的同時，天鈴鳥四周的空間再度出現一陣扭曲，由無數箭矢所組成的箭雨再度從天而降。也不知道精靈們到底是怎樣瞄準的，竟是箭無虛發地把殘留在戰場上的死靈再度掃平了一大半，破壞的速度已遠遠超過暗黑之神召喚死靈的速度了。

見狀，我方頓時士氣大增，並爆發出熱烈的歡呼聲。精靈族的箭矢曾令人類聞風喪膽，可是當他們成為自己人時，卻是最強力的支援。

仔細一看，精靈族的攻擊並不如外表那麼簡單。那些依附在箭矢上的綠光並沒有因為擊殺死靈而消散，而是持續散發出自然之力，以致於插有銀箭處約三公尺大的範圍裡再也產生不出新的死靈。

魔法無法對沒有實體的死靈造成太大傷害，一直只能為大家防禦攻擊的夏爾好奇地探頭察看，只看了一眼，目光便被這些箭矢吸引過去：「那些雕刻不只是尋常的裝飾，會自動吸納外界的自然之力。」

噢！原來如此，還以為是精靈吃飽沒事幹才雕上去的。

忽然想起曾經極有話題性的雕花馬桶，難道那些雕花也有著什麼學問？

甩甩頭，把這個怪異的想法壓下，我將注意力再度投至暗黑之神身上。

有了精靈族的加入，死靈大軍已無法對我們造成太大的困擾。可是我總覺得事情仍未完結，暗黑之神還保留著一手。

果然，就在死靈被壓制以後，暗黑之神便不再把闇元素浪費在召喚死靈上，而是勾起一個殘酷的笑容，把飄散在四面八方的闇元素往廣場聚集。

隨即，我便看見一個令我頭皮發麻的景象。

在廣場的地面、民眾聚集著的地方，緩緩浮現一個暗紅色的魔法陣。對於這個充滿不祥感的魔法陣，我有深刻的印象。雖然眼前的魔法陣比我曾看過的更為宏大複雜，可是我仍能清楚辨認出它正是三王姊曾設置在古遺跡裡、以人命為力量根源的魔法陣！

卡利安皺起眉，祖母綠的眸子透露出刀鋒般的凌厲。「我一直在監視著暗黑之神的舉動，想不到祂竟然瞞著我留了這一手。」

看著這個比古遺跡內那個足足大了一倍多的魔法陣，大家全都茫然失措，不知該怎麼辦才好。

大批民眾正站在魔法陣上方，這個法陣一旦運行起來，後果絕對是我們無法承受的。

「這個魔法陣可不是我的傑作，是這國家的三公主為了爭奪王位而設下的陷阱。她本來想要把二公主的軍隊引誘至魔法陣的範圍內將其消滅，只是在此之前卻受到魔法的反噬而重傷殞落，結果這魔法陣便便宜我了。」與其說是好心向我們解釋，倒不如說祂是想要利用三王姊的事情來打擊我。暗黑之神臉上浮現出譏諷的神情，舉起手，便把闇元素瘋狂注入魔法陣裡。

不得不說暗黑之神的話確實發揮了效果，雖然明知二、三王姊之間的爭鬥，但當這種醜陋的手段赤裸裸地呈現在我眼前的時候，我還是感到心裡很悶，不由自主地難過起來。

而且聽祂話裡的內容，果然三王姊已經……

雖然民眾不知道腳下魔法陣的功用，可這突然出現的魔法陣以及洶湧而來的闇元素還是造成了一陣恐慌，讓他們爭相想逃出魔法陣的範圍。

可惜他們再也沒有這個機會了，魔法陣早已在這短短的數秒間吸收了足夠的闇元素，開始自動運行起來。濃濃的闇元素包圍在法陣四周形成屏障，裡面的人不止無法離開，反倒被闇元素逼得往魔法陣正中央位置聚集。即使現在我們消滅了暗黑之神也無法停止魔法陣，除非……使用夏爾當時的方法讓魔法陣吸收足夠的鮮血。

但這麼巨大的魔法陣，即使把我們吸成人乾也於事無補啊！

就在此時，一個意想不到的人越群而出，並朝同樣身處法陣裡的暗黑教徒怒吼：「呆站在這做什麼？身爲這魔法陣的創造者，你們難道一點辦法也沒有嗎？」

說話的人，竟是那名與卡利安一起出現的神祕男子！

ch.9 破曉之光

我早就從引領我進城的雪莉口中得知三王姊的魔法陣有著暗黑神教的參與，可雙方卻不是如我所想像的狼狽爲奸。要說的話，其實暗黑教徒也是被欺騙的受害者，他們只是研究出一個召喚暗黑之神的魔法陣，並不知道三王姊以此爲基礎修改成需要活祭來控制靈體的法陣。

雖然活祭的技術掌握在三王姊手裡，然而這個魔法陣畢竟曾有暗黑教徒的參與，他們也許眞有辦法將這個魔法陣破解掉也說不定。

以雪莉爲首的暗黑教徒神色陰晴不定地凝望著克里斯用魔法光幕投射出來的暗黑之神，似乎在爲著該不該破壞祂的計畫而掙扎不已。

就在我的心因他們的猶疑而變得七上八下之際，身爲大祭司的妮娜卻發話了：「雪莉，現在暗黑之神正受到魔族殘留的惡念所影響，殘殺民眾並不是祂的本意。雖然我們暗黑神教因爲行動肆無忌憚而被人稱爲邪教，然而教義裡有哪條是讓大家去傷害無辜的人？也許你們願意爲自己的信仰而犧牲，但大家這麼做，在你們身旁的民眾又何辜？」

迎上其他民眾那期盼的眼神，雪莉總算下定決心向妮娜彎腰請求：「懇求大祭司協助。」

雪莉的決心總算讓我鬆了口氣，萬一她想不開，領著一眾暗黑教徒獻出生命來個以身殉教便糟糕了。還好雪莉的信仰雖然堅定，卻不是食古不化之人。

妮娜風情萬種地抿嘴一笑：「魔法陣運行後，即使是我也無法在外面強行將其破壞，可是身處法陣中的你們從內部破壞可是簡單多了，我至少有五種方法讓你們把這個魔法陣停下來。」

一眾暗黑教徒依照妮娜教導的方法，在魔法陣的各個支援點上持續輸入魔力，反行其道令魔法陣從錯誤的地方過量吸收闇元素，果然效果很快便顯現了。根據克里斯的解釋（沒辦法，魔法的事情我壓根兒就看不懂……），愈是大型的魔法陣便愈是著重於魔力的平衡，妮娜的方法能夠有效令魔法陣在短時間內自行崩壞。

當然也不是隨便輸出魔力便可以。必須了解魔法陣的結構，清楚知道每一個魔力點的位置，以及擁有著與魔法陣同屬性的魔力才行。若破解魔法陣的人換成了克里斯，只怕十之八九會是以爆炸收場。

暗黑之神顯然已下定決心血洗宮殿，只見祂在自身的四周設下一個牢不可破的屏障後，便全神貫注地把所有力量盡數投放在魔法陣裡。一眾暗黑教徒立即顯露出吃力的神情，看得我心裡焦慮不已，卻又偏偏幫不上忙，只能在旁邊乾著急。

多提亞安撫地輕輕按住我的臂膀。我抬頭往旁看去，卻發現青年那雙美麗優雅的祖母綠眸子所注意的人既不是我，也不是暗黑之神。

「請問你是？」耳畔傳來多提亞的聲音，我疑惑地向騎士長的方向看過去，卻發現多提亞的視線直直凝望著那個與卡利安一同出現的男人！

糟糕！魔法陣的事情太震撼了，害我完全把這個人的事情拋諸腦後，還好多提亞有記在心上。

說起來，剛才他好像提過大王姊的事情？不單喚我作「小妹」，還說王姊早就是他的人什麼的……而且我也曾在時空回溯時看過他的臉……

這這這這個人果然是!!

「……姊夫？」我猶豫著喚了一聲。

青年雙手一拍：「小妹，妳終於猜到我是誰了！」

咦！還眞的被我猜中了!?

神祕人……不！應該是史賓社公國的國王艾倫陛下露出一臉完全不符合王者身分的笑容：「說起來也是我的錯。潘蜜拉懷孕了，妳也知道她的性子，萬一讓她得知你們的事情，她必定會不顧身體、千里迢迢地也要趕過來，因此我只好瞞著她。不過小妹妳幹得不錯嘛！沒有呆等我們的幫助，而且做得比我預期的還要出色。」

我就奇怪帝國出了這麼大的事情，史賓社公國與我們相距得再遠，大王姊也應該會收到消息趕過來。原來是因爲大王姊懷孕，帝國的消息被愛妻深切的姊夫封鎖掉了啊……

「也就是說我當姨了？」

艾倫立即露出一臉有女萬事足的傻父親表情，說道：「嗯，是個健康可愛的小公主喔！」

我搖了搖首，心底不由得生起一陣深深的無力感。

姊夫大人，敢情你在家待到老婆生了孩子才過來啊……果然做人啊還是要靠自己，還好我沒有打算依賴史賓社公國的援手。

看到我懋悶的神情，艾倫立即自來熟地向我討好笑：「別不高興啦！我這麼遲來也是有原因的。小妹妳想想，要是我太早來幫忙，不就暴露了卡利安的臥底身分了嗎？要知道暗黑之神給他的任務可是要挑起兩國戰爭的。」

頓了頓，艾倫神祕一笑，並伸手指了指遙遠天際的雲層：「而且我還帶來了一個強大的幫手！」

我疑惑地抬頭一看，整個人呆住了。

雲層正中位置忽然颳起一陣強風，潔白的雲朵正以肉眼可見的速度快速向四周飄移，很快地，大片的白雲中間便出現一個透露出藍天的大洞。就在眾人皆被眼前神奇的一幕吸引住視線之際，一道燦爛的金色身影從雲層正中心的大洞飛翔而下，狠狠震撼著所有人的心。

這我曾無數次在古籍的圖片中看過，至今卻是第一次親眼看到實物的美麗生物，有著燦爛的金色鱗片，展開來足有身體一倍長的巨大翅膀，泛著冷光的角與利爪、強壯的軀體……竟是一頭金光燦爛的黃金龍！

我已經找不到任何言語來形容心裡的震撼，亞龍與牠一比，立即變得黯然失色，這頭美麗的生物就是真正的龍族嗎？黃金龍族無論是氣勢還是美麗的外表，都比只繼承一部分龍血的亞龍出色太多太多了。

從未親眼看過龍族的我，想不到初次相遇便遇上龍族的王者——擁有最純正血統的黃金龍！

黃金龍並不是體積最大的巨龍，但牠們絕對是龍族中最強大的存在。傳說力量爲尊的龍族，每一任族長都是由黃金龍所擔任，可以想像這種擁有燦爛色澤的巨龍到底有多強大。這讓我不由得緊張起來，並暗暗評估著黃金龍的破壞力。

巨龍飛翔的速度很快，幾個呼吸的起落便來到庭園上空，還直直向著我們所在的方向飛來。暗黑之神見狀，毫不猶豫地做出攻擊，放出數十道威力強大的風刃直直往黃金龍射去！

風刃並沒有令巨龍改變飛行路線，只見牠發出一段低沉卻清晰的龍吟，來勢洶洶的風刃便被無形的力量擊中，全數迅速破碎！

就只擁有著好眼力的我，才在巨龍吐出這波充滿浩瀚氣息的龍吟時，清晰看見風刃的排列因龍吟而遭到崩壞，瞬間被逼得打散爲組成風刃的闇元素。

龍語魔法！

雖然從沒少聽過這種完全不同於人類依靠晶石來聚集元素的魔法體系，但親眼看見時，卻發現現實裡的龍語魔法比傳說中還更要強橫。

從巨龍的外貌看不出表情，但也不難讓我們感受到牠根本就沒有出多少力，完全是一副遊刃有餘的模樣。在風刃消散的同時，黃金龍的背部射出一道彷如陽光般燦爛的金色光芒。

這股金光彷彿有著自己的意志，直直往暗黑之神射去，去勢凌厲至極。這種純粹的金色我並不陌生，這是唯一能夠剋制暗黑之神的東西，其攻擊簡直就是所向披靡。本來暗黑之神的動作不謂不快，在金光射出後，已瞬間聚集闇元素形成一道厚厚的暗幕阻隔在半空中。然而充滿元素力量的暗幕面對金光時簡直就像是紙糊般，雙方才剛接觸，暗幕便立即被撕裂了一道破口，硬生生穿過暗幕的金光更是燦爛依舊，完全沒有任何削弱與影響。

晨曦結晶！

這個世上果然是一物剋一物，橫強如神族也不是無敵的存在。看見金光對自己力量的剋制竟如此強大，暗黑之神顯然也慌了。只見一道漆黑卻沒有實體的暗影從父王的身體飄揚出來，感覺到危機的暗黑之神，放棄到手的軀殼，選擇逃走。

如果暗黑之神在事情剛發生時便全速逃走，也許還有一線機會，可惜祂卻把逃跑的寶貴時間花費在徒勞無功的攻擊上，於是祂便悲劇了。黑影只來得及顯現出肩膀以上的部分，便被金光籠罩著，受到金光照射的黑影立即發出淒厲無比的慘叫聲，被逼縮回父王的身體裡。

很快地，巨龍便降落在鐘塔頂部，在牠的利爪肆虐下，鐘塔的石磚簡直就像豆腐做的般，被割出一道又一道深深的爪痕。這座聳立在空中庭園的鐘塔雖然不小，可是對體型碩大無比的龍族來說，還是顯得擁擠了點。看牠只是略微轉身，長長的龍尾巴便把磚石掃下好大一片……

「殿下！」清脆的呼喚聲從巨龍身上傳出，這嗓音該死地熟悉！

妮妮妮妮可！天啊！我百分之百確定這是小妮可的聲音！我的侍女竟然是頭龍！我竟然找了一頭龍來當貼身侍女!!重點是龍身的妮可一點兒也不可愛啊！

我瞬間陷入一片混亂中。

「殿下，我在這兒啦！」仔細一看，一隻纖細的手從龍背舉高，向我揮動了幾下，可惜這頭黃金龍的體型實在太宏大了，即使我拚命抬頭，也找不到一個能夠把人看清楚的角度。

察覺到我的困境，龍背上的人的手從揮動改爲拍拍黃金龍的脖子，隨即這頭美麗強大、傳說中高傲無比的生物，竟立即聽話地趴下身子，簡直就像頭乖巧的小狗。我還來不及闔上驚訝得大張的嘴，龍背上的人已很乾脆地從龍背一躍而下，整個動作乾脆俐落、毫不猶疑，我想要阻止已經來不及了。

即使這頭黃金龍早已趴下，但也有三、四層樓的高度啊！

然而預期中摔得斷手斷腳的場景並沒有出現，從龍背上躍下的人——現在我已清楚看到她果然是我的貼身侍女妮可——安安穩穩地輕鬆著地，還很剽悍地「砰」地一聲在石磚上留下一雙深深的腳印。

……妮可，妳與大理石有什麼不共戴天之仇嗎？為什麼老是喜歡在上面砸出坑洞？要是妳真的喜歡這種手感（還有腳感？）去砸些便宜點的石磚可以嗎？

看到妮可的出現，再加上黃金龍給我一種奇怪熟悉感，我已猜測出這頭龍的身分了。

「凱特？」同伴們的直覺不及我敏銳，妮可的出現雖然讓他們疑惑，但倒沒有把那名看起來憨厚、實際上卻狡猾無比的俊美青年與黃金龍聯想在一起。眾人聽到我的詢問後，全都倒抽一口氣，露出了無法置信的神情。

當黃金龍點點牠那高傲的頭顱向我打招呼、變相承認了牠的身分時，所有人全都露出了見鬼的神情。

得知黃金龍是凱特後，大家也猜出妮可的種族了，當中尤以曾被妮可刺殺的利馬最爲後畏不已。世間諸神在上！還好當時他神差鬼使般地腳下一滑，避過了妮可的迎面一擊，不然只怕小命便在那一天斷送了。

那可是一頭龍耶！雖然當時妮可的血脈還未覺醒，但終究是一頭龍啊！

難怪凱特對龍族的事情知道得這麼清楚，難怪即使妮可往死裡打也拿他沒轍，難怪身為「白色使者」的克里斯會向凱特行禮──要知道世上能與「白色使者」平起平坐的人實在不多。

如果不是母后的關係，我也受不起克里斯那種下位者向上位者所執之禮儀。區區一個國家的公主，在「種族」這個話題下根本算不上什麼。就是父王在面對白色使者時也要客客氣氣，絕不敢以上位者自居。

雖然這頭黃金龍不是妮可，但這並不影響我的侍女是頭龍的事實。沒想到當年父王看妮可可憐，便把她帶回來當我的貼身侍女，結果竟然撿了頭龍回來！

妮可穿著件很可愛、充滿異族風情的連身裙，這種衣服絕不是妮可的風格。我不知道凱特到底是威逼還是利誘，（個人覺得不會是前者，除非凱特不要命了。）才讓妮可願意穿上這種可愛風的衣服，但至少看得出兩人的關係似乎有著不少的進展呢！

血脈覺醒以後的妮可，單從外表看來與之前並沒有任何區別，只是人形的她身上若有似無地散發出陣陣讓人心悸的威壓，這種充滿壓力的感覺，與凱特身上的龍威相近，但青年在人形時能把龍威隱藏得很完美，這點剛覺醒血脈的小妮可顯然仍未能辦到。

雖然妮可身上的龍威讓我有點不舒服，可眼前的人是從小與我一起長大、情如姊妹的人，那種親密的情誼，很快便讓我克服了心裡的抗拒感，只剩下與妮可重逢的喜悅。

「妮可，我們的打賭可是我勝利了呢！」我笑著打趣了妮可一句，隨即抬頭把視線看向一旁的黃金龍：「還有凱特，待事情結束後，我會讓財務大臣親自把維修鐘塔的欠款單據交給你的。」

說罷，我不再理會因我的話而愣掉的一人一龍，逕自取了妮可手裡的小包袱。雖然包袱裡的東西被一層厚厚的黑布包得結結實實，但從那不斷往包袱聚集的光元素，以及四周逐漸消散的闇元素，我已經猜出包袱裡面到底放著什麼了。

果然，打開包得結結實實的數層黑布，幾件用晨曦結晶打造的飾物與小擺飾正靜靜躺臥在黑布上。

「凱特說光靠他父親的項鍊也許不夠，結果便領著我以取見面禮爲名，到他那些叔叔伯伯的住處打劫一番，害我這麼遲才回到王城來！」妮可說到這兒有點生氣地瞪了瞪不停陪笑的黃金龍。

似乎分離時我爲了獲勝而耍的手段取得奇效啊……想到小妮可的暴力，我死也不會讓她知道我早與凱特說好了！

把視線轉至手裡的小東西上，這還是我首次看到晨曦結晶被打造成飾物的樣子，可以看出當年胖子沒少在這些黃金上花心思，無論是雕工還是造型都是一等一的好。這金屬本就美得極致，再配以如此出色的工藝，即使是見慣奢侈品的我，也不由得目眩不已。

「咦！這是……」身旁的多提亞拿起其中一條造工精美的紫藤花項鍊，仔細打量了好一會兒後，臉上露出了古怪的神情，並指了指刻在項鍊背面的花紋。

這個看起來像是用來裝飾的花紋，其實是個很出名的雕刻家的落款，想到一個有關這位雕刻家的傳奇故事，我不由得露出與多提亞同樣古怪的神情詢問凱特：「凱特，你既然擁有黃金龍血統，那麼你的父親應該是這一代的龍王陛下對吧？」

「是啊！」黃金龍驕傲地點點頭，隨即看到我們兩人聞言以後臉上神情變得益發怪異，不由得疑惑地詢問：「怎麼了？這條項鍊有什麼問題嗎？」

我忍著笑把這項鍊的故事娓娓道來。

龍族是個貪婪的種族，尤其喜歡收集精美而金光閃閃的寶物。偏偏牠們卻不擅長鍛鍊雕琢，於是自恃力量強大的龍族往往都是以強奪的方法從人類中收集財寶。而人類則喜愛獵殺全身是寶的幼龍，因此兩族間的關係一直非常惡劣。

人類數量太多，龍族力量強大，雙方各有優勢之下，誰也拿誰沒奈何。直至降魔戰爭以後本就稀少的龍族數量大減，龍族決定參照精靈族的做法，封閉龍之谷，休養生息以避過滅族的命運。

但龍族也不是完全避世，成年的龍有著強大的魔法才能，牠們能化身爲任何種族，遊歷於世界各地。再加上雄龍大都喜歡到處留情，結果便有了龍與其他種族的混血兒亞龍的出現。

由於避世的關係，近二十年來已鮮少出現龍族打劫財寶的事情。可是在大約四、五年前吧，一個有關龍族的趣聞，卻從吟遊詩人的口中傳誦開來。

聽說一位商人發掘了一種美得驚人的礦物，並以此吸引了當時舉世聞名的名雕刻家親自出手雕刻了數件美輪美奐的擺飾與首飾。然而在一個月黑風高的晚上，這些珍貴的雕刻品卻失竊了，守衛森嚴的地下室被人打通了一條地道，無論是擺飾、戒指、耳環、吊墜……每個種類的雕刻都無一倖免地被偷走了一件。

這卻不是最驚人的地方，最讓人津津樂道的是，在被偷走的物品空位上，竟然全都擺放著一枚金光閃閃的巨大鱗片！

經過專家驗證，證實這是貨眞價實的黃金龍龍鱗！

也就是說，一頭被喻爲龍中王者的黃金龍受不了這些雕刻的誘惑，選擇在晚上像頭土撥鼠般挖了一條地道進行偷竊。礙於降魔之戰後，人類與龍族所訂下的和平協議，這頭黃金龍甚至拔下自己的鱗片來個等價交換……

但由於多年來龍族幾乎從人類社會中絕跡，所有聽過這故事的人都只將其視爲拍賣時抬高商品價格的手段而已，誰也沒把它當眞，畢竟高貴的黃金龍像土撥鼠般挖地道的情景實在太令人震驚了。

雖然大家都認爲這個故事是拍賣龍鱗的拍賣行所編造的，但如此充滿趣味的故事還是被傳得街知巷聞，成爲大眾一時間茶餘飯後的話題。

聽過我的小故事，我清楚看到眼前的黃金龍囧了。

原來龍身的凱特也能露出這麼豐富的表情啊……

老實說，當年聽到這個故事時，我也是當笑話聽的。但現在看來，故事中的人物與情節都能在現實裡得到對應啊！尤其是那頭傳說中客串過土撥鼠的黃金龍，我更是驚悚地從凱特帶來的項鍊證實對方真的是龍族的龍王陛下！

這結果真的太有趣了，害我好想去結識一下這位以別開生面的方式在人類之間名流青史的龍族之王耶！

當年因爲這個充滿趣味性的故事，這幾片龍鱗可全都是以高出底價二十倍的價錢拍出天價成交，而且這紀錄至今仍未有任何商品能夠打破，已成爲拍賣行之間的神話了呢！

想到這裡，我的視線不禁往凱特身上游移。

憑我與小妮可的關係，詢問凱特拔十片八片龍鱗給我應該沒關係吧？

也許是敏銳地感受到我的不懷好意，凱特打了個冷顫，隨即有點心慌地轉移了話題。

「這些物品都是老頭子與叔伯們送給妮可的聘禮……痛！」我目瞪口呆地看著妮可面無表情地一把拔走凱特腿部一片金光閃閃的龍鱗，隨即少女手一甩，鱗片便化為流星消失於天際中……

我心痛啊！妮可妳知不知道這片龍鱗値多少錢？太太太敗家了！

受到妮可的狠瞪以及暴力對待，夫綱不振的凱特立即從善如流地改口：「剛才我說錯了，這些不是聘禮……為了人類與龍族的珍貴友誼，這些晨曦結晶是老頭子特意送給四殿下的禮物。」說罷，還討好地朝妮可咧嘴一笑，可惜我家小侍女根本理也不理牠。

私下贈送給小媳婦的禮物，在妮可的淫威下被無限放大至種族間友誼這種偉大的層面上，對此我也不由得嚴肅對待了。莊重地向這位龍族的王子殿下行了一禮：「非常感謝龍族的幫助，菲利克斯帝國永遠是龍族的朋友。」

其實我知道高傲的龍族一向有點看不起各方面都比牠們弱小的人類，這番話未免沒有打蛇隨棍上的意味。但那又有什麼關係呢？只要能夠成為龍族與人類重新交往的契機，我不介意耍一點小手段。

視線不由得看向因站在黃金龍身旁而顯得更加嬌小、整個場面卻又給人奇異和諧感的妮可，我不禁愉悅地勾起嘴角。也許妮可的確是頭龍沒錯，但同時，她是我的貼身侍女、是我親如手足的妹妹！

無關乎血緣，因爲她是以人類的身分與我一起長大，是我的家人，所以她既是龍，同時也是人！

也許人類與龍族的橋梁，早已在很久之前便出現了。

ch.10 驅逐黑暗

面對著我這種硬是把龍族與帝國扯上關係的外交說詞，凱特正要說話，卻在妮可的瞪視下硬生生把話吞回肚子裡。

只見黃金龍委屈地抿起嘴（我說這頭龍的表情也未免太豐富了吧？）：「算了，反正我本來就是來幫妳的。雖然現在的我無法替整個龍族作主，但只要妳有需要，我個人還是願意提供協助。」

凱特的一番話讓我感動不已，這位龍族的未來王者與我交好並不全是因妮可的關係，而是眞的把我視作朋友看待啊！

我把晨曦結晶交到身旁的白色使者手裡：「我該怎樣使用這些東西？」

克里斯伸出比女孩子更爲纖細白皙的手，取出一條安放於包袱裡的手鍊：「用不上全部，這些結晶的元素含量很純粹，沒有混雜其他金屬，單是這條手鍊的分量就足夠了。」

說罷，克里斯示意我把手鍊放在掌心處，並求助於我的本命神祇——月之女神克洛莉絲。

隨著我的禱告，手中的晨曦結晶爆散出強烈光芒，驅散黑暗的萬丈金光像是太陽的光芒般，直直往受困的暗黑之神身上射去，強烈的光芒在父王身後拉出長長的黑影。

有光的地方自然會有影子，然而在金光的照射下，父王身後竟然詭異地拉出了兩道黑影！

從黑影輪廓中，可以看出其中一個屬於父王，而另一個，卻是小孩子的影子。

仔細一看，這個孩子般黑影的身體比例完全是傳說中的三頭身，比一般的小孩子更為「卡娃依」。我立即便猜出祂到底是誰了。

「請把暗黑之神驅逐並淨化就可以了，不要傷祂性命。」

雖然因為這小鬼的關係，一些人因而受到傷害，還好在卡利安的管制下，暗黑之神的危害範圍並不嚴重。真的因而失去性命的人，也只有擁有重生能力的獸王，以及因野心而自作自受的三王姊。後者完全不值得同情，至於獸族方面……憑我與柏納的交情，事後逼迫黑影到石之崖親自請罪，獸族也不至於會把祂幹掉來洩忿……吧？

對方的心智只是個小孩子，我實在無法對一個孩子太計較。

而且，我曾經答應妮娜要保全祂。

因此猶豫一下，我還是向女神大人做出了不要傷害暗黑之神的請求。

「就知道妳會這麼說。」女神大人的聲音聽不出絲毫不悅，反倒帶著淡淡的讚賞。

光芒令暗黑之神發出陣陣痛苦的呻吟。不同於侵佔軀體時利用父王的聲帶所發出的男子嗓音，被金光逼迫得現形的三頭身小黑影所發出的是軟軟嫩嫩的男孩嗓音，令我聽著聽著更是不忍起來。

我覺得女神大人現在簡直是個虐兒的變態耶！

「……欠揍嗎？」

糟糕！忘記祂能夠與我心靈相通！我立即陪起笑臉來。

在暗黑之神痛苦的呻吟聲中，一道散發著令人毛骨悚然氣息的意念，緩緩從黑影身上抽離出來。見狀，我不禁欣喜地狂拍多提亞的手臂：「快看快看！」

多提亞露出無奈又寵溺的笑容，卻沒有阻止我的暴行。直至我自己醒悟過來後，才吐了吐舌頭住手，並訕笑著替青年撫平被我弄縐的衣袖。

正當大家以爲事情總算能夠圓滿解決之際，忽然間異變突生！

被晨曦結晶的力量抽離暗黑之神體內的惡念，竟然侵進父王體內！

「糟糕！我們疏忽了！傑羅德的靈魂由於長期受到暗黑之神壓制的關係，無法立即取回軀殼的控制權，以致讓這股惡念有機可乘。」一向雲淡風輕的克里斯，表情變得嚴肅起來，讓本就對魔法沒轍的我更加不知所措。

「女神大人怎麼辦？有什麼我能做的嗎？」既然自己不懂，便求助於他人吧！

女神大人柔和的嗓音帶有一絲凝重：「我需要時間。只要能夠喚醒妳父王的靈魂，只要一瞬間，我便能夠利用晨曦結晶的力量把那股惡念驅逐出去。」

喚醒父王的靈魂！我立即陷入沉思。

到底有什麼東西能夠直接震撼父王的心靈、呼喚他的靈魂？父王最最重要的東西……

我目光一凜，抬首高呼：「莎莉絲亞，幫我！」並從卡利安手上取回「時之刻」，將其高高舉起。

高飛在半空、正聯繫著遠在石之崖精靈族的天鈴鳥，聞言發出一陣清脆動聽的鳴叫聲，隨即一眨眼便已拍著翅膀出現在「時之刻」旁邊，速度快得就像牠從一開始便是在這個位置。

我小聲向這小巧玲瓏、羽毛色彩不停變幻著的美麗小鳥道出我的計畫，現在就只能寄望這隻被精靈族稱爲莎莉絲亞（引路者）的神階魔獸了。

天鈴鳥靈動的紅色雙眸眨了眨，隨即我手中高舉的金色指環竟然變得像天鈴鳥的羽毛般，開始不停變換著各種不同色調。見狀我心裡一喜，果然以天鈴鳥的羽毛爲材料製成的時之刻能夠與這小鳥的力量同步，短時間內鳥兒能夠自由調動時之刻的力量！

天鈴鳥很快便開啓時之刻，手中發著微光的指環立即給予我一種血脈相連、就像是自己的臂膀般能夠揮灑自如的感覺。接著我的心念一動，一道虛幻俏麗的倩影便從指環中飄然而出。

克里斯的光幕把一切完整投射至民眾眼裡，當這道由靈魂碎片幻化而成的身影現身時，所有人全都震驚地呆立著，良久才出現第一聲包含著無法置信的驚呼：

「卡洛琳殿下⁉」

是的，幻影有著與我幾乎一模一樣的清麗臉龐、翠綠色的眸子……被我利用「引路者」的力量從時之刻中呼喚而至的，正是父王最摯愛的妻子、我那位早已過世的母后！

有別於我身上帶著習劍而來的凜然氣息，母后有著另一種脫俗的清雅俏麗，淡淡的虛幻感更讓她顯得優雅如仙子。

克里斯、皇家騎士們、暗衛與衛兵、查理斯家族以及一眾貴族與平民紛紛向母后的虛影行禮，十多年的時光不但沒有奪去眾人對這名奇女子的敬畏與喜愛，反倒加添了深深的思念。

在母后現身的瞬間，父王空洞的眼神逐漸重新展現出應有的神采。紫藍色的眸子柔情似水地眨也不眨凝望著母后的影像，彷彿有著千言萬語想要向摯愛的妻子傾訴。

「卡洛琳。」最終，父親夢囈般地道出了母后的名字，然而伸出的手才觸碰到她的衣角，只是以一絲靈魂碎片與天鈴鳥力量支撐的影像立即破碎，化成了點點淚光般的螢光。

影像所出現的短短十多秒，給予我們足以逆轉形勢的珍貴機會！

乘著父王的靈魂重新掌控身體使用權的瞬間，我手上的誕生禮自主性發動，由月亮石變化而成的銀色海燕，帶著女神大人附加的晨曦結晶之力往父王衝去。在我震驚的視線中，小銀燕竟然直直穿過父王的身體，隨即帶著一道不祥的黑氣飛回我的身邊。

雖然早就知道誕生禮其實只是神力在世間的體現，可是看到小銀燕穿過父王的身體時，還是把我嚇得心跳漏了一拍。那可不能怪我膽小，那根本一整個就是凶案發生的場面嘛！

我還來不及為父王的恢復而高興，女神大人卻傳來了警告：「不知道有什麼東西在與這股惡念產生共鳴，銀燕的力量無法控制！」

說時遲那時快，這股糾纏不休、比蟑螂更要強橫的惡念再度化為黑煙，從小銀燕體內逃脫，越過一臉緊張的眾人，便要往外逃去！

惡念越過卡萊爾等人的瞬間，卻忽然停頓下來，並受到什麼東西吸引般，猛然改變了方向！

「夏爾！小心！」我喊出了警告的話。惡念衝去的方向，正是夏爾所在的位置。雖然它並沒有掩飾自己目標的意圖，可是以魔法師的體質與反射神經，夏爾根本不可能躲過惡念的附身！

果然，夏爾完全來不及避開，只能下意識地釋放出魔法護盾阻擋在自己面前。但惡念卻是比死靈更加虛幻的東西，沒有實體的意念，根本就不為魔法盾所能阻擋。黑煙毫無懸念地穿過魔法盾，全數沒入夏爾體內。

啊啊啊……又一個被惡念附身的人！珍珠留下來的這個惡作劇真的太噁心了，

這樣下去根本就沒完沒了嘛！

就在我舉起拳頭、思量著是否要先下手爲強，把夏爾一拳擊暈之際，一道濃郁的水氣從少年身上傳來，空氣中甚至傳來一種持續了數天大雨才有的潮濕氣味。

濃濃的濕氣令空氣變得黏稠起來，就連呼吸也變得有點困難，位置最接近夏爾的卡萊爾一頭棕色髮絲上更是凝結了滴滴細小的水珠，身上的衣服也黏染上薄薄的濕意，彷彿剛走過煙霧重重的叢林。

隨著濕度的飆升，氣溫也逐漸跟著變得愈來愈高。明明是清涼的秋天，卻忽然變得如炎夏般又濕又熱，而且這一系列的變化顯然以夏爾爲中心持續進行著。

溫度與濕氣升得很快，受不了濕熱的我，要求克里斯使用精靈最擅長的自然魔法來改善這詭異的環境，怎料一向寵我的白色使者卻拒絕了我這個小小的要求：「使用魔法驅逐一部分水與火元素不是不可以，但那會影響鍾鍊的效果。」

「鍾鍊？」

克里斯微微一笑，難得地賣個關子：「殿下看下去便知道了。」

彷彿回應精靈的話語般，夏爾的背部忽然浮現出一個小小的魔法陣。與單純散發出元素光芒的魔法陣不同，這個法陣由流水與火焰組成，碧藍色的清泉給人一種透心涼的感覺，偏偏依附在清水上的火焰卻熱氣逼人。水與火明明就是矛盾的存在，可是在這個魔法陣上卻又如此和諧，讓我們不由得嘖嘖稱奇。

看到魔法陣出現的瞬間，我緊張的心情完全放鬆下來。

這種水火相容的神奇情境我知道，珍珠曾告訴我她與花火的「母親」是座燃燒著火焰的聖湖。在分離時，我也親眼看見雙胞胎把一個魔法陣沒入夏爾體內，雖然那時候一閃而逝的法陣讓我無法確定是否就是眼前這一個，但能夠如此完美和諧地融合水與火的力量，我認為也只有這兩名分別擁有水與火之力的前神祇才能做到。

「這個魔法陣有什麼用途？」我好奇地詢問克里斯。

「殿下您好像不太擔心。」

「嗯，雖然不知道這個魔法陣到底是做什麼用的，可是我倒真的沒有太擔心。怎麼說呢……與其說我相信小嬰兒的人品，倒不如說我相信人與人之間的情誼。夏爾如此真誠地向雙胞胎釋放出善意，我不認為她們有恩將仇報的理由。」

聽到我的話，身旁的多提亞忽然伸手溫柔地揉了揉我的短髮。我抬頭往騎士長的方向看去，視線卻陷進一雙溫煦美麗的祖母綠眼眸裡，不由得一陣失神，隨即回以對方一個甜甜的笑容。

「我說你們……是不是忘記了這裡發生的所有事情都有魔法現場直播？你們的打情罵俏都被所有人看進眼裡了。」女神大人的嗓音很不合時宜地響起，與其說是好心提醒，我倒覺得比較像是在幸災樂禍。

我身體僵了僵，整整一年的傭兵生活，害我們都忘記在外人前要保持距離了。可是在不安過後，我卻反而牽上多提亞的手，騎士長驚訝地看著我，卻良久也沒有甩開我的手。

我志得意滿地笑了。正好趁此機會表明心跡，好教那些國內的貴族子弟卻步，別再對我存有過多的幻想與糾纏。

雖然多提亞的官職只是個小小的皇家騎士長，那些依靠父蔭的貴族子弟只要稍微努力，最差也能混得一個實權官職，可是別忘了多提亞的背後是整個帝多家族。帝多家的二公子，即使只是個看門的衛兵，也足以成爲那些貴族子弟仰望的存在了。

何況帝多家族的現任家主是名世襲公爵，長子卡利安也是名世襲的伯爵。若將來卡利安繼承父親的爵位，那麼他的伯爵爵位便須轉移給弟弟多提亞，所以我完全不擔心多提亞的騎士長身分會成爲我們之間的阻礙。

其實我也知道多提亞在顧忌什麼。大多數公主都會選擇與他國王室成員通婚，以此來獲得政治優勢。不要說公主了，很多時候王子也無法爲自己的婚姻作主，這就是生在王室的悲哀。

不說別的，父王的第一次婚姻不就是活生生的例子嗎？

可多提亞不知道的是，父王早就允諾不會過問孩子們的婚姻，菲利克斯帝國也不須以此爲手段來壯大國力。以前我只把多提亞視作親近依賴的鄰家大哥哥，也就沒有特意把這些事告訴他（畢竟女孩子提及結婚這些事還是會害羞的嘛），可現在……我現在已無法把多提亞視爲單純的知己好友了，我想要的遠比青梅竹馬的友誼來得更多更多。

相信多提亞也是一樣吧？不然以對方的機智聰敏，也許開始的時候確實是情不自禁，但現在與我做出親暱的舉動時，眞的會疏忽魔法螢幕一事嗎？

看到我與多提亞的互動，克里斯淡漠的淡藍眸子柔和下來，看多提亞的眼神，竟給人一種在看女婿的感覺……明明克里斯看起來比多提亞小得多的說……

還好克里斯這種不協調的表情並沒有持續太久，對方的性格就是認眞，並沒有忘記解答我先前的疑問：「這個魔法陣能夠把惡念錘鍊成魔力，對身爲魔法師的夏爾來說，是百利而無一害的事情，個人建議還是任由他把惡念全數吸收吧！」

吸收!?

不是我要質疑，可是把這麼不祥的東西吸收掉真的沒關係嗎？該不會讓「白夏爾」轉變成「黑夏爾」吧？

我忽然有點猶豫是不是該阻止了。

「小貓咪，妳要阻止我無所謂，不過失去制肘的惡念繼續到處亂跑，我可不管喔！」一陣低沉並充滿磁性的男聲忽然從我背後很近的位置響起，著實把我嚇了一跳。然而在驚訝的同時，我立即便認出這個性感動聽的嗓音屬於誰。

伊里亞德！

我懷著又驚又喜的心情回頭一看，然而在視線觸及男子此刻的衣著時，整個人瞬間囧了。

只見我們偉大的團長大人衣衫略顯凌亂，不是那種戰後的破爛，而是衣領的鈕釦掉了幾顆、露出了性感的鎖骨那種……男子的嘴角勾起一個性感又滿足的微笑，一身懶洋洋的氣息像隻慵懶而高貴的波斯貓，偏偏眉宇間又展露出把人吃乾抹淨的十足精神……

伊里亞德的身後站著一名暗衛以及魔法協會的老會長，唯獨不見那名身高比同伴略矮、被團長戲稱爲「花花」的青年！

「……納瑟斯呢？」

「他太累了，我讓他留在家裡好好睡一會兒。」伊里亞德身上散發出可怕的費洛蒙，那張人神共憤的俊臉上浮現出回味無比的變態表情。

唔唔唔！你到底對父王的暗衛幹了什麼了？

說到團長大人的家……我立即便想到那張看起來很高級的毛毯，以及特大的玫瑰紅大床！

你該不會眞的把人全都傳送到精靈森林了吧？難怪肯塔基他們掀不起大風浪。雖說精靈大軍都出發至石之崖了，但留守在森林的精靈與樹人都不是好欺負的。

不過看老魔法師與暗衛並沒什麼損傷，看起來並不像吃了大虧的樣子，我還挺意外的。畢竟我並不覺得伊里亞德會有護老這種崇高品行（對方是美人的話倒不懷疑他會放水），難道是雙方壓根兒就沒有大打出手？

「伊里亞德把我們傳送到精靈森林裡，在精靈的領域下，爲免引發種族戰爭，我只能隱忍著不出手。精靈們也沒有爲難我們，只是讓我們稍安勿躁、並在森林架起一個魔法螢幕讓我們能夠清楚看到鐘塔上所發生的事情，從而了解事情眞相。」觸及我充滿疑問的視線，肯塔基這位德高望重的法聖大人略微尷尬地親自向我解說一番，隨即更在眾目睽睽之下坦然向我道歉，令我對這位魔法會長的好感度上升了不少。

我在瞭悟著爲什麼肯塔基能夠全身而退的同時，也不由得在心裡尖叫……既然傳送過去後根本就沒有開打，那到底納瑟斯爲什麼會累？而且還累得睡在伊里亞德那張玫瑰紅大床上!?

算了，有時候某些事還是不要太深究得好……

不知是否因魔法陣與那股惡念來自同源的關係，雖然魔法陣的力量並不算強，卻把這股比泥鰍還要滑溜的惡念壓制得死死的，最後盡數化成魔力，被夏爾吸收殆盡。

即使只是一股微弱的意念，但這惡念卻是由神祇轉生的珍珠所留下，同時又融合了一絲暗黑之神的神力，很乾脆地把夏爾的魔力直接飆升至傳奇法師的程度，讓在場的一眾魔法師不約而同地露出羨慕的神情，就連體質得天獨厚的伊里亞德與妮娜也不例外。

夏爾緊閉雙眼，調整著體內突然飆升的魔力，少年這姿勢難得給人一種深沉的感覺，我試探著呼喚了聲：「夏爾？」

「小維，怎麼了？」聽到我的聲音，夏爾立即張開眼睛，呆呆的神情哪有半分被惡念附身的自覺？

不知為何，看到夏爾這迷糊的樣子，我反而鬆了口氣。我並不希望夏爾變得強大以後卻要付出原本的性格作為代價。也許別人會認為夏爾的性格太軟弱，也許受到惡念影響後變得決斷一點也未嘗不是好事。可我從一開始所認識的夏爾便已是那副樣子，雖然膽小怯懦，卻願意為了幫助同伴而提起十二萬分的勇氣，雖然老是冒冒失失的，可作戰時卻是最可靠的支援。

我喜歡夏爾這個朋友，無論是優點還是缺點我都喜歡。

這麼想的人顯然不止我一個，因為在夏爾張開雙眼、並顯露他迷糊本色的瞬間，多提亞等人也鬆了口氣，露出了如釋重負的表情。

最後的危機總算解除，一直緊繃的神經猛然放鬆下來，我不由得感到一陣虛脫般的無力感。先前對敵時倒不覺得緊張，現在回想起一場場的戰鬥，我的背部不禁冷汗涔涔了。若沒有獸族、精靈、龍族，甚至珍珠、花火等人的幫助，只怕單靠我們的力量，即使能夠讓父王恢復也必定要付上不少代價，說不定還會帶來不少後續問題。

我的目光掃過來自不同種族的朋友們，最後定格在父王身上。此刻父王已經從最初靈魂不穩定的狀態恢復過來，精神狀態看起來也不錯，相比暗黑之神控制軀體時那副萎靡不振的樣子，真是好太多了，甚至在利馬的攙扶下已能勉強站立起來。

「父王……」要不是必須保持著王室的儀態，我現在真想衝進父王的懷裡大哭一場、好發洩這段時間的委屈與不安。

父王先是向我點了點頭，紫藍色眸子透露出讚賞的神色。然而他卻沒有迎向心情激動的我，而是向著小黑影的方向緩步走去。

父王的動作讓我剛放鬆的心情瞬間再度繃緊。父王、母后及暗黑之神三人之間該怎麼說好呢……兩男一女加起來就是個「嬲」字！雖然暗黑之神與母后之間只有姊弟之情，但也不妨礙祂的爭風吃醋、甚至在惡念的影響下對父王產生出仇恨啊！

現在雙方再度碰面，可以預期過程絕對不會愉快！

ch.11 豐收祭開始

我擔憂地注視著父王的一舉一動，當然，現在我所擔心的人再也不是父王了，而是變成了那個幾乎耗盡神力的小黑影。

雖然從卡利安口中得知父王對暗黑之神破除封印一事採默許的態度，但被人侵佔軀體終究不是什麼愉快的經驗。我深知父王的性情，別看他總是對別人溫和有禮得好像沒有脾氣，對於妄圖取他性命的人，他勢必會回以雷霆手段，絕不給對手任何復仇還擊的機會。

即使礙於母后的情面不趕盡殺絕，但暗黑之神落在父王手上，絕對不死也要脫層皮啊！

位處鐘塔出入口的妮娜倏地轉身，漆黑的魔法袍在女子轉身的瞬間，以極快的速度開展延伸，瞬間把女子包裹在裡面，並「咻」地一聲消失無蹤。

我們仍在驚歎於這個充滿視覺效果的魔法秀時，一塊翻騰著的黑布便平空出現在父王與暗黑之神之間，並瞬間從中展現出妮娜的身影，翻騰的黑布也變回漆黑的魔法袍。整個過程瀟灑流暢，更襯托艷麗的妮娜風姿婥約、絕代風華。

同樣是闇系空間魔法，妮娜這一手比起伊里亞德的魔法陣，華麗好看得多了。

「那也只是看起來好看而已，你們團長大人的技巧比他姊姊強得多。他能夠單

靠一己之力傳送複數人數至其他空間，單是這一點，妮娜的魔法便無法辦得到。」

女神大人做出不同的見解。

我早就知道妮娜是除了母后外最疼愛暗黑之神的人，本以爲她趕過來是要阻止父王出手，卻猜不到女子只是略帶警告地說了一句：「別太欺負祂。」便退了開去。

父王聞言爽快地頷首答應下來，絲毫沒有向老朋友妮娜擺起君王的架子。可是不知爲何，看到父王點頭應允時的眼神，我心裡的不祥感覺反而暴升了！

而且不祥中還有種異樣的熟悉感，到底是什麼呢？

下一秒，父王便以行動來解答了我心裡的疑問，只見他一手抄起已無力掙扎的暗黑之神，並舉起手狠狠打在三頭身黑影的小屁股上，每一下都打得暗黑之神的小屁股「啪啪」作聲！

難怪心頭生起的不祥感這麼熟悉，這種「酷刑」在我小時候可沒少受過啊！單是聽到這「啪啪」的聲響，我便感到屁股一陣火辣辣的痛了，童年陰影呀童年陰影……

父王的表現讓在場的所有人瞬間石化，尤其是一眾暗黑教徒們的表情簡直精彩無比。若說父王把暗黑之神重新封印，甚至把祂消滅，大家的表情還不至於這麼複雜怪異，可是打神祇的小屁屁……這也太剽悍了吧？沒看到就連黃金龍凱特也看得流下好大一滴冷汗了嗎!?

女神大人發出意義不明的感慨：「不愧爲妳的父親啊！」

這句話令我有點介意，這到底是讚美還是在損我？

噢！她又不理我了！

雖然暗黑之神的黑影形態就是一團黑，我們壓根兒就看不見祂的表情。但當屬於孩子的嗚咽哭聲從黑影身上傳出時，誰都知道祂哭了……

等等！不是說神祇沒有實體的嗎？暗黑之神自願凝聚實體讓別人觸碰也罷，可是父王是怎麼捉到祂的？這不合理啊！

察覺到我盯著父王的手一臉疑惑，妮娜風情萬種地掩嘴一笑：「傑羅德手上的藍寶石指環是在很久以前他請求我替他製作的魔法物品，戴上以後便能夠觸碰到無實體、實力又弱小的小黑影。那時候爲了討好小黑影，可沒有少用這指環的力量來抱祂逗祂呢！」

……也就是說，這指環出現的初衷是改善與小舅子的關係，可現在卻成了打祂小屁股的幫凶，還眞是矛盾啊！

老盯著人家被人打屁股的模樣實在不禮貌，但這種神祇受到「攻擊」的場面實在難得一見，錯過的話就太可惜了，因此大部分人還是昧著良心，在旁興致勃勃地觀看。就只有一眾暗黑教徒在看天看地，眼神尷尬得都不知道該往哪兒看才好。

我走到伊里亞德身旁小聲詢問：「暗黑之神好歹也是他們信仰的神明，他們就這樣任由父王打祂也沒關係嗎？」我還以爲會有些死忠信徒衝出來，要誓死捍衛暗黑之神的尊嚴呢！想當初他們爲了讓暗黑之神甦醒，可是寧可進入三王姊的魔法陣來對付我！

「呵呵！妳的怨氣很大啊！」女神大人笑道。

「怨氣很大嗎？也許眞的有吧！即使他們這麼做是爲了所信奉的信仰、即使背後有著再崇高的理由，我仍是覺得受到傷害了。」

這種被信任的人所背叛的感覺，相比實質性的傷害更要令人難受呀！

我承認我很小氣，因爲在乎我們之間的友誼，所以怨氣很大！

伊里亞德好笑地看著我怨氣沖天的表情，即使聽不到我與女神大人的對話，但顯然也從我剛才的問話中猜到我不高興的原因了：「也許是因爲他們心懷歉疚吧？

當初卡利安的確以破除暗黑之神的封印作誘餌讓他們幫忙，可他們並不知道二、三殿下會這麼大膽，乾脆利用邪法控制暗黑之神，還侵佔了國王的軀體，更把叛亂者的罪名按在小貓咪妳的身上。」

看到我的神情因這番話而緩和下來，伊里亞德笑著向妮娜所在的方向揚了揚嘴：「大祭司沒有出手阻止，他們這些普通的信徒怎敢僭越？要知道暗黑神教基本上是妮娜一手把持的。要說威望的話，她這個大祭司絕對不比暗黑之神差啊！」

「嗯……」我微微地皺起眉，抬頭看著伊里亞德。

團長大人挑了挑眉：「怎麼了？小貓咪還有疑問嗎？還是妳只是單純在欣賞我的俊臉？如果小貓咪想欣賞，多久都可以喔！我絕不會介意的。」

對於伊里亞德無時無刻的挑逗，我現在已能平靜應對了。無視男子拋過來的媚眼，我冷靜地回答：「本來我已經忘掉了，不過你一說我便想起來。伊里亞德你從一開始便知道眞相，與卡利安一起瞞著我們吧？對於母后的事情，一直推說時機未到而不告訴我，也是爲了控制我們的進度好配合卡利安，對吧？」

受到我的指責，即使團長大人再厚臉皮也不禁露出尷尬的神情。現在他一定後悔死了自己怎麼哪壺不開提哪壺，他不提卡利安我倒一時想不起伊里亞德也有份欺騙我們！

「我的確是騙了你們，但卡洛琳的事情我可沒有故意拖延，時之刻的確要配合生命之樹的『回溯』才能更好地發揮『引路者』的力量，讓小貓咪妳能夠完整目擊事情的始末。」說罷，伊里亞德討好地取出一袋晶石：「這是妮娜給妳的晶石的改良版，可以轉變的不止是髮色，還能有限度地改變容貌哦！我想小貓咪妳一定會喜歡的。」

不拿白不拿，拿伊里亞德的賄賂我更加不會心軟，收到晶石以後再度攤開了手：「還有呢？」

傳說中的闇法師嘴角一抽：「沒了。」

「伊里亞德你眞的好過分！明明手上有這麼好用的水晶，也不早早拿出來借給我用，改變髮色的水晶妮娜可是分了我好一大袋呢！而且在大戰時你還用傳送陣丟下我們，我們在拚得你死我活、你卻與你的花花在滾床單……」我扳著手指算起一筆筆舊帳來。

伊里亞德拿我沒轍，只好翻了翻白眼，再從空間戒指中取出一大袋晶石，重量足足比先前那一袋重了一倍多：「再也沒有啦！這次眞的是全部了。」

多提亞很體貼地接過我手上沉重的晶石，還不忘笑得溫煦地向伊里亞德說道：

「你翻白眼的時候就像吊死鬼一樣難看。」

噗哧！

糟糕，不小心笑出來了！

就在兩人皮笑肉不笑地針鋒相對的同時，父王的「復仇」終於停止了。

「嗚嗚～妮娜！」看著大哭著往闇祭司懷裡衝去的小黑影，我的頭開始痛了起來，完全不知道該拿這孩子怎麼辦才好。

其實算起來暗黑之神倒沒有幹出什麼天怒人怨的事情。祂雖然侵佔了父王的軀體沒錯，可卻也給予父王向王姊們的母系家族——馬拿家族動手的藉口。我知道父王醞釀著來個全國大清洗，把這些充滿異心的貴族削權醞釀了很久了，眞要算起來，在政治方面暗黑之神說是將功補過也不爲過。

至於誣陷我一事雖然令人不爽，但無論我承不承認，這段旅程對我來說實在太重要了。這一年我不單認識了不少朋友，同時也認清了王族的責任。現在的我，應該能夠稍微獨當一面了吧？

也許揹負罪名離開王城曾讓我難過不已，但現在回首一看，這段旅程卻只剩下溫暖的回憶。

能與大家一起旅行，能夠認識大家……眞是太好了！

因爲有著這種想法，所以對於暗黑之神我倒是沒有多大的惡感。

至於那些召喚暗黑之神所犧牲的活祭品，罪魁禍首是三王姊，並不是小黑影的錯。在精靈森林時，女神大人就曾小心翼翼、很婉轉地告訴我三王姊的生命之火已經熄滅，她的本命神祇也解除守護的束縛，重新輪候新生的王族成員。我早就知道三王姊根本撐不過法術的反噬，她怎樣說也是我的親姊姊，即使再有千般不是我總不能鞭屍吧？也只能在財力上盡力補償死者的家屬了。

不過，即便如此，卻不是代表著小黑影什麼事也沒有，因爲整個事件中還有一個最大、而且位高權重的受害者……

一想起他，他便出現了！只見火鳥拍動著橘紅色翅膀降落在鐘塔上，銳利的獸爪在大理石上抓出數道深深的爪痕……

好吧！柏納的爪痕相比凱特一降落便破壞半座鐘塔來說，絕對是小巫見大巫，反正這座鐘塔註定是要重建的了，也就由得他們折騰吧……

至少柏納沒有尾巴一甩便把鐘塔的頂部掃平，不是嗎？

火鳥的橘紅羽毛就像燃燒著的火焰，在四周的闇元素被晨曦結晶驅逐、重新照射大地的陽光映照下，更是染上一片燦爛的金色，與火鳥一雙高貴妖艷的金色眸子互相輝映，爲這頭傳說中的美麗獸族增添了高貴又神祕的氣質。

降落後的火鳥羽色無風自動，看起來益發像是燃燒著的熊熊烈焰。只見他身形快速縮小，很快地，便幻化成我所熟悉的人形柏納。

雖然獸族的種族地位比龍族低得多，甚至連人類都不如，可是以個人的地位來說，身爲一族之王的柏納卻比凱特要高。同樣，父王雖然只是一個帝國的國王，可在二十年前的降魔戰爭裡，卻是人類大軍的統帥，同時又是上任精靈王的丈夫（雖然我不知道凱特到底知不知道這一點），不說這些，單是小妮可恩人這個身分，已讓凱特不得不重視。

面對著獸王與人類統帥，凱特這頭黃金龍也不得不低下高傲的頭顱，向二人行了一禮。

黃金龍之後的是艾倫，這位權勢不下父王的國君，完全把自己定位在較低的位置。沒辦法，誰教父王是他的岳父大人呢？

父王還是初次與柏納這位新轉生的獸王會面，兩人都知道現在不是雙方會談的好時機，只是熱絡又不失矜持地互相說了幾句客氣話便作罷。

很快，柏納那雙金色眸子便對上了縮在妮娜懷裡的小黑影。

我不由得站了出來、無聲走至妮娜的身旁。暗黑之神的胡鬧確實讓人生氣，可祂怎麼說也是母后的雙生兄弟（雖然祂完全沒有舅舅應有的樣子啦……），怎樣也輪不到別人來欺侮！

也許因爲血緣的關係，護短這一點我倒是與精靈族如出一轍。

我知道柏納不是個小心眼的人，對於能夠無限輪迴的火鳥來說，即使失去性命也能夠再次重生。當然我並不是說因爲這樣就可以不重視火鳥的生命，只是對於重情義的柏納來說，我相信若我以朋友的立場爲暗黑之神求情，柏納看在我的面子，也不是不能夠原諒小黑影。

可惜獸王被殺是關乎整個獸族顏面的大事情，即使柏納本人願意原諒暗黑之神，也不是他說了便算。說得嚴重一點，這甚至能夠成爲種族交惡的導火線，立下雙方不死不休的大仇了！

「現在苦主都過來了，你還是乖乖道歉吧！」我嘆了口氣，無奈地示意妮娜把小黑影從懷裡放下。明知道獸族這關不是那麼輕易過、絕不是說一句「對不起」便可以了事，可是該道歉的還是需要道歉。這是心意的問題，絕對不能含糊！

「妳與傑羅德一樣討厭，你們奪走了我的卡洛琳……我討厭妳……我才不要道歉……」幼嫩的童音從腦海中響起，令我不由得一陣不爽。

「你討厭我又怎樣，我從來也沒期望過所有人都會喜歡我。除了你以外，世上還有那麼多喜歡我的人，你再討厭我我也不痛不癢呢！你說我們奪走了母后，母后是你的姊姊耶！一輩子也是你的姊姊！這種關係是別人可以奪走的嗎？你恨母后因我而死，但你有沒有想過父王同樣因爲我的出現而失去了最愛的妻子？父王有恨我嗎？從這點就可以看出你根本就比不上父王！愛一個人是全力支持對方的決定，愛上他所深愛的東西。這一點父王做得很好，你呢？你做了什麼？除了叫嚷著要殺掉母后拚上性命生下來的孩子以外，你還爲母后做過什麼了嗎？」

「可是卡洛琳認識傑羅德以後便很少與我見面了……我好寂寞……」

「那你有告訴母后嗎？有沒有把你的感受告訴她？」

暗黑之神愣住了。

「既然你當時什麼都沒說，那就不要在事後抱怨！而且你討厭我，與你向不向柏納道歉有什麼關係？難道柏納曾經因你的傷害而失去性命，也不配獲得一句眞心誠意的『對不起』嗎？」

最氣人的便是在我教訓暗黑之神的時候，身爲當事人的柏納竟然一句話也不說，只是站在一旁看戲，充滿威嚴的金色雙目甚至還透露出一絲笑意。

我知道死的人是你的「父親」，與沒有繼承上一世記憶的你無關，但你可不可以不要這麼乾脆地露出路人甲的表情？

不再被惡念控制的暗黑之神比先前好溝通多了，雖然祂仍是表現出對我很抗拒的模樣，可是猶豫片刻後，還是乖乖地向獸王道歉：「**對於我曾經向你以及你的族人帶來的傷害，我致以十二萬分的歉意，希望能夠獲得你的原諒。**」

小黑影一番話倒是說得有板有眼，似乎這小東西也不是個什麼都不懂的無知小孩，在裝扮成父王時祂也學習到不少東西吧？

柏納微笑道：「我個人接受您的道歉，可獸王是獸族的象徵，暗黑之神您的攻擊是否可解釋爲暗黑神教對獸族的挑釁？」

這個更厲害！一開口便是外交詞彙。雖然他把話說得很漂亮，可是在王室教育下浸淫了十多年的我，還是立即聽出了他的言下之意。

我個人接受你的道歉，可單是這樣誠意並不足，至少請拿出一些實際的利益讓我好與族人交代。

雖然這番話聽起來好像很不留情面，但身爲領導者，盡力爲族人爭取最大的利益、公私分明是必要的，我實在無法責怪柏納什麼。

還好柏納不是個貪婪的人，還不至於乘著現在的優勢向我們獅子大開口。

就在父王思量著該以什麼爲代價來換取獸族的原諒時，伊里亞德忽然越群而出：「只要獸族承諾不再追究此事，我願意給予獸族『時之刻』的永久擁有權。」

伊里亞德的話讓柏納雙目一亮，完全沒有討價還價便一口答允。畢竟這個小小的指環在火鳥重生時能夠發揮繼承記憶的作用，而一代承接一代的知識與記憶的價值是無法衡量的。獸族是以獸王爲尊的種族，獸王的實力對於族群能否壯大發揮了至關重要的作用！

妮娜牽著小黑影的手，笑道：「同時我們暗黑神教爲了表示歉意，身爲闇祭司的我與暗黑之神會親自前往石之崖，以一百年爲限期，守護獸族的安全。」

妮娜的話造成了不小的騷動，暗黑神教早已不是當年受到各方追殺、只能生存在暗處的小小宗教。雖然這個信奉黑暗的宗教仍被很多人所不齒，可在父王有心的縱容下，已立下了不錯的根基，多年的發展也讓它初見規模。

即使暗黑神教的整體實力再弱，他們那大祭司妮娜可是個威名遠播的狠角色，再加上一個不受法則規限的神祇，就連龍族想要在暗黑之神的庇佑下與獸族作對，只怕也要好好思量一番！

最重要的是，獸族雖然不比人類聰明（當然也有一些特別聰慧的族群，像貉族或狐族，但畢竟只佔少數），但他們有著強悍的肉體、優越的化形能力與族群天賦，只是因為降魔戰爭時傷亡過於慘重，再加上往後的二十年一直被人類所壓抑這才令獸族變得弱小起來。若獲得一百年時間來休養生息，說不定他們能夠與人類分庭抗禮了。

如此一來，即使獸族中還有族人對暗黑之神存有意見，面對如此優厚吸引的條件，也無話可說了。

最厲害的一點是妮娜還可以乘著這個機會，讓暗黑神教在獸族扎根，獸族思想單純且非常忠誠，絕對會是非常理想的信徒。柏納並不傻，當然也看出妮娜打的小算盤。只是對這種互惠的好事獸王不但不會阻止，還會大力支持呢！

看到獸王與妮娜取得共識，父王示意卡利安上前：「也請獸王允許卡利安騎士長同行。」

我愣了愣，這才想起當年正是卡利安持著暗黑之神的風刃偷襲獸族，並把獸王殺死的。無論卡利安的理由是什麼，但他殺掉獸王卻是鐵一般的事實。

柏納淡淡說道：「不，這一位便算了吧！」

獸王輕描淡寫的話，立即讓氣氛緊張起來，難道柏納不打算原諒卡利安嗎？雖然一直看這個人不爽，甚至知道眞相後我還是無法喜歡他（沒辦法，個性不合是天生的！），可自從得知卡利安是我的守護騎士以後，我便把對方視爲同伴了，實在無法眼睜睜看著他在我眼前受到任何傷害！

我氣勢洶洶地擋在卡利安面前：「卡利安是我的守護騎士，當年的事情他也是身不由己。暗黑之神所針對的人是我，我不認爲卡利安應該一個人揹負所有事情。如果柏納你要處罰他，那我與他一起承擔好了！」

沒空理會卡利安這個素來喜歡臭著一張臉的死對頭因我的挺身而出而露出驚訝的神情，我只顧緊盯著柏納的眸子，讓他感受到我是認眞的！

聞言，柏納正起了臉，嚴肅地回道：「不，維斯……西維亞殿下妳誤會我的意思了。我們獸族與卡利安並不存在任何仇恨。當初奉命追捕西維亞殿下的卡利安帶同大軍突襲石之崖的時候，曾以傳遞口訊的名義放跑兩名豹族族人，其實是故意饒過他們性命的吧？這一點我很承他的情，以命抵命，即使我們在上任獸王的時期有任何恩怨，也就此煙消雲散了。」

想不到柏納會說出一番這麼煽情的話，我還真的被他感動到了。不要說是一族之王了，有多少上位者根本不把平民的性命當作一回事？柏納這番話顯然是把兩名豹族族人的性命與自己畫上了等號，一點兒也沒有自己的性命比較矜貴的想法。

這種發自內心的尊重令人感到很窩心，也許這就是獸王的領袖魅力吧？

女神大人笑道：「**普通人聽到這番話只會覺得獸王大度，能夠察覺到這點，證明妳這位公主殿下把心態擺放得很正，思想與柏納如出一轍的緣故。所以要說領袖魅力的話妳也不差啊！**」

呵呵！這麼說起來也對呢！

我不由自主開懷地笑了，這次是真的放下了心頭大石。此刻的結果無論對哪方來說無疑都是最理想的，也許是心情的影響吧？我只覺得灑在身上的陽光是如此溫暖，就連內心也變得豁然開朗起來。

廣場上聚集著高貴的貴族、優雅的精靈、剽悍的獸族、英偉的騎士、神祕的暗黑教徒、有著藥劑師身分的荒族、滿身殺氣的暗衛……雖然一眾人等無論是外貌、衣著風格還是氣質都很迥異，然而是因爲曾經並肩作戰的關係嗎？站在一起竟給人和諧的感覺。

父王高高站在大理石的碎石上（沒辦法，誰教國王演說的石台在凱特出現時已被徹底毀掉了呢！），廣場上鬧哄哄的眾人見狀，自發性地安靜下來，等待這位被喻爲「天空之王」的菲利克斯六世發言。

雖然父王仍未完全恢復精神，可是他身材挺拔，面容俊朗，絕對是一個美男子。最重要的是，父王身上有著一種年輕人所沒有的成熟滄桑感，這種滄桑的感覺對於任何女子來說，都有著致命的殺傷力，我看見不少貴族千金毫不避諱地向父王露出仰慕的神情。

對此父王一無所覺，逕自露出讓人如沐春風的溫和笑容。魔法螢幕把他高聲發言的英偉姿態映照在所有人眼中：「感謝各位在這次事件中對王室的幫助，也對於受到驚嚇的大家致上十二萬分歉意。在此，我代表帝國歡迎獸族、精靈族以及龍族朋友們的蒞臨，並且在此宣布今年度的豐收祭正式開始！」

這番話一出，所有人都傻眼了。雖說豐收祭是帝國一年一度的盛事，可現在這個大戰後的狀況怎樣看也不是適合狂歡的狀態吧？

就在眾人面面相覷之際，伊里亞德卻已唯恐天下不亂地拍起手來。也不知道這位闇法師使了什麼魔法，男子拍手的聲響竟成了一下下響亮的鳴鐘聲，遠遠傳至王城的每個角落。

響應著這代表狂歡的鐘聲，四面八方逐漸傳來一直等待著鐘聲響起的群眾歡呼聲，然後不知道是誰帶頭高呼了聲「帝國萬歲！」，讚頌帝國的聲浪隨即此起彼落，甚至一些熱血的獸族人也被氣氛感染而加入高呼萬歲的行列。

看著民眾一掃臉上的不安，換上了興奮熱烈的神情，我忽然有點明白，為什麼在這種狀況下父王仍然堅持著要如常舉行豐收祭了。

看著一張張為自己的國家而自豪的臉龐，我的心裡也不由得豪情萬丈起來，一種自豪與喜悅感油然而生。

我——西維亞．菲利克斯，願意為了守護這一張張笑顏而奉獻出我的所有，這種心情與決然，大概便是父王所說、我所欠缺的王者的覺悟吧？

尾聲・我最珍重的回憶

「好悠閒啊……」我很沒形象地仰頭躺在冰冷的大理石上，吹著微風、凝望著天上的點點繁星，只覺得很久沒有這麼悠閒了。

雖然在旅程中不乏於野外觀看星空的日子，可當時我的身分是叛國的通緝犯，不單要小心翼翼地隱藏身分，還擔憂著父王與國家的狀態，時刻處於緊繃狀態的心情，自然與現在有著天壤之別。

整個下午我們全都玩瘋了。王城中到處可見正在大吃大喝的荒族、與傭兵們拚酒的獸族人，甚至還有暗黑教徒向民眾努力推銷著自己的宗教……

在魔法光幕的映照下，民眾知道是這些他們素來不喜歡的人們保護了他們的國家，再加上受到豐收祭那種歡樂的氣氛所影響，大家全都放下成見，付出了歷來最大的熱情與真誠來與對方交流，雙方倒是相處得前所未有地愉快。

看到我這個遊走在各個小攤販的四公主時，他們也很體貼地沒有打擾我，只是掛著善意的微笑，看著我們一行人吵吵鬧鬧地四處亂跑。

至太陽西下、月光灑亮大地時，分散開來狂歡的同伴們，不約而同地聚集在這破爛的鐘樓上，結果便變成了這個大家聚在一起看星星的場面了。

曾經參與過我的旅程、幫助過我的人幾乎可說是全員到齊了。多提亞、利馬、夏爾、妮娜、克里斯、天鈴鳥、伊里亞德、卡萊爾、奈娜、諾曼、妮可、凱特、柏納、潔西嘉、班森、安迪、荒族族長、喬、雪莉和艾倫……全都是我珍貴的同伴。

不止他們，一眾獸族族人與荒族的藥劑師、暗黑教徒們，還有菲洛與卡戴維等第二、三分隊的皇家騎士們，也不自覺地聚集在鐘塔四周，只是鐘塔頂層容納不了那麼多人，他們才轉移聚集在空中庭園。

「哎……肚子好脹……」利馬邊摸著猶如有了三個月身孕的大肚子，邊一臉幸福地發出了言不由衷的抱怨聲，竟還眞的有幾分孕婦幸福地在抱怨孩子踢她似的詭異意味……

坐在利馬身旁的多提亞露出溫煦的微笑，動作卻與柔和的笑容相反，舉起的手肘毫不留情猛地往對方的大肚子招呼過去！

饒是體質比較健壯的利馬，也被多提亞一擊ＫＯ，翻著白眼、口吐白沫。

伊里亞德大笑道：「哈哈哈！流產了！」

聞言所有人的嘴角不由得抽搐起來，什麼流產的……還要在嘴巴流產……這個形容很噁心耶！

「利馬沒關係嗎？都被打得吐白沫了。」夏爾拉拉卡萊爾的衣袖小聲詢問，也只有這孩子與幸災樂禍的我們不同，會為利馬擔心。

卡萊爾以一臉爽朗的表情來掀我們的老底：「沒事的，那些白沫應該是利馬不久前喝進肚子裡的啤酒泡吧？我可是看到他領著殿下喝了整整一木桶的分量！」

面對小妮可的凌厲眼神，我立即很沒義氣地與利馬劃清界線：「我只喝了一杯。是利馬一個人把剩下的99.9%啤酒喝光的！」

妮可聞言，毫不客氣地向騎士長飽以老拳，結果把利馬肚子裡大半的啤酒打得吐出來以後，騎士長竟反倒變得生龍活虎起來……

「事情已圓滿解決了，殿下接下來有什麼打算？」卡萊爾輕笑著詢問。

「私下相處你喚我作『小維』就可以了……我會先到史賓社公國探望一下大王姊與小寶寶，然後到精靈森林與石之崖拜訪，這是我先前答應過的……」我扳著手指，細數著接下來的行程，聽到我並沒有忘記先前的約定，克里斯與獸王一行人的眼神益發變得柔和了起來。

班森「哼」了聲：「還以為不用妳特意前來交還時之刻妳便不會過來，算妳還有心。」

「我可以單純來找你們玩嘛，又不是非要有什麼目的才可以，找朋友玩還需要理由嗎？倒是你，怎麼一聽我說要來便臭起了臉？你不喜歡我來找你們嗎？」

「誰會喜歡你們這些人類有事沒事便來我們的石之崖！」黑豹狀似不爽地反駁了一句。這傢伙還真是彆扭得厲害，就連初相識的喬也看出他的言不由衷了吧？沒看見我這位遠房表姊在偷笑了嗎？

「既然人家不歡迎妳，那小維妳到無序之城來玩吧！父親大人經常叨唸著要好好感謝妳的魔獸之心呢！」喬俏目一轉，仙女似的清雅外表下，卻藏著一條惡魔的小尾巴在搖啊搖的。

「我、我……」聽到喬的話，黑豹急了，然而就是丟不下面子挽留我。

分離在即，我也不想太欺負班森，於是從善如流地笑道：「感謝的話便免了……不過離開石之崖後，我也應該到無序之城好好探望一下男爵大人，畢竟當時我受到他諸多照顧。這麼一想，接下來的日子我還會忙碌好一段時間呢！」單是男爵沒有洩露我的身分這點已足以讓我好好感謝了。想到這裡，我轉向同樣身處鐘塔、卻離群獨處的卡利安：「到時候你和我一起去吧！」

男子托了托鼻梁上的眼鏡：「可以，不過我會先護送暗黑之神前往獸族，殿下出發的時候再通知我吧！」

「咦！不是說你可以豁免勞動了嗎？」

「我討厭欠別人人情。」男子充滿傲氣地答，果然是這個人會說出口的答案。

「大家呢？」我轉向其他人。

伊里亞德搖了搖手上的紅酒（哪來的酒？剛才明明沒有！），漫不經心地說道：「我也該回『創神』的總部接些任務了吧？不然達倫會哭的。」

原來你也知道……

夏爾欣喜笑道：「肯塔基爺爺說破例讓我參加這一次的魔法師考核，不過魔力暴漲以後我需要一段時間適應，要先好好練習一下，而且師父到石之崖後也需要有人留下來顧店。」

喬親暱地挽住我的手臂：「我與小維妳一起行動。」

荒族族長笑呵呵地用手指梳著長長的鬍鬚：「殿下的事情順利解決，我也要回到月桂花向大家報喜了，小崽子們可是非常擔心殿下呢！」

卡萊爾則是孩子氣地一笑：「我與組織的同伴們決定組成一支新的商隊，開發從未有人發現的商道。」

柏納眨了眨美麗的金色眸子：「獲得時之刻的擁有權，我必須盡快回去把這個好消息告訴族人，也衷心期待殿下的來訪。」

聽過大家的行程後，我轉向還未發言的兩名騎士長：「多提亞與利馬呢？你們願意陪同我繼續旅行嗎？」雖然皇家騎士應該好好留守在王城保護宮殿，可這兩人反正已擅離職守那麼久了，也不差陪同我接下來的探訪之旅吧！

仔細一想，我這次的旅程可說是種族交流的大事啊！也許還應帶同第二、三隊全員一起來撐場面？卡戴維我不知道，但能夠外出旅行的話，相信老是搞失蹤的菲洛一定會很高興的！

兩名騎士長相視一笑：「謹遵殿下的差遣。」

仰望著於天際間閃爍的美麗繁星，耳畔傳來同伴們鬧哄哄的歡笑聲，我的心裡充斥著滿滿的喜悅與感動。

也許將來的日子我還會結識形形色色的新同伴，或許在未來我還有不少與同伴們狂歡的機會，可是此時此刻，在這裡的每一張笑顏，卻已深深地刻劃在我的心裡，永遠也不會磨滅。

在很久很久以後，白髮蒼蒼的我一定還會記得這個美麗而溫馨的夜晚。然後年老的我會牽著子孫的手在同樣美麗的星空下，笑著告訴他們年輕時的冒險，以及，我所珍惜的同伴們的故事。

這是我最珍重、最寶貴的溫暖回憶。

《傭兵公主》全書完

敬請期待《傭兵公主》番外篇♥

後記

不知不覺，《傭兵公主》已到達尾聲了。

現在回頭細看，總覺得從這本小說構思、動筆、投稿、簽約到出書好像眨眼間的事情一樣。小說完滿結束當然很高興，不過在開心之餘，同時又有著淡淡的不捨之情，這種感覺該怎麼說呢……就像是把女兒養得婷婷玉立後，卻要嫁女兒的傻媽媽的感覺吧？既驕傲又不捨XD

在此，請各位給予小維及她的同伴們熱烈的掌聲，當然，也別忘記了把掌聲送給支持《傭兵》這麼久的自己喔！

《傭兵公主》是我第一本出版的小說，作爲一個什麼都不懂的新人，這段時間可說是戰戰兢兢、如履薄冰，既擔心小說的銷量不理想、又擔心大家不喜歡我的小說……總而言之，就是有的沒的都擔心一番。正所謂「養兒一百歲，長憂

九十九」，果然是有其道理的（笑～）

還好無論是編輯還是繪師天藍都是很好的人，在這半年多的時間，彼此合作愉快，只能說我真的太太太幸運了！

即使當中曾有過意見不合的時候，可是彼此也能很理性地尋求解決的方法。我喜歡這種互相尊重的氣氛與感覺，希望往後能夠與兩位再有合作的機會。

□

在《傭兵6》的修稿期間發生了一件很不幸的事情，我的舅父因心臟病與世長辭了。

事情發生得很突然，凌晨收到電話說舅父正在醫院搶救，我便一直陪著媽媽等消息，後來聽說舅父進入深切治療部時我們都鬆了口氣，心想既然轉移至深切治療部觀察，那情況應該是好轉了吧？怎料過不了多久便再度接到電話，說舅父陷入昏迷，通知家屬盡快趕到醫院去見他最後一面……

其實舅父早就知道心臟有問題，並且排期在8月份做手術，卻想不到他會忽然病發。這件事情讓我感受到生命的脆弱，誰也不知道下一秒將會發生什麼事情，因此請大家好好珍惜身邊的人喔！

在此祝願所有讀者們一生平安、快樂、順心！

也再一次感謝各位一直以來的支持，願我們有緣再見！

香草

國家圖書館出版品預行編目資料

傭兵公主.卷六 / 香草 著.
——初版. ——台北市： 魔豆文化，2012.08
冊； 公分.
ISBN 978-986-5987-04-6（平裝）

857.7 100022623

fresh FS027

傭兵公主 vol.6 〔完〕

作者 / 香草
插畫 / 天藍　封面設計 / 克里斯
出版社 / 魔豆文化有限公司
地址◎ 台北市103赤峰街41巷7號1樓
電話◎（02）25585438　傳眞◎（02）25585439
網址◎ www.gaeabooks.com.tw
部落格◎ gaeabooks.pixnet.net/blog
電子信箱◎ gaea@gaeabooks.com.tw
投稿信箱◎ editor@gaeabooks.com.tw
郵撥帳號◎ 19769541　戶名：蓋亞文化有限公司
發行 / 蓋亞文化有限公司
法律顧問 / 宇達經貿法律事務所
總經銷 / 聯合發行股份有限公司
地址◎ 新北市新店區寶橋路二三五巷六弄六號二樓
電話◎（02）29178022　傳眞◎（02）29156275
港澳地區 / 一代匯集
地址◎ 九龍旺角塘尾道64號龍駒企業大廈10樓B&D室
電話◎（852）2783-8102　傳眞◎（852）2396-0050
初版四刷 / 2017年11月
定價 / 新台幣 180 元
Printed in Taiwan

ISBN / 978-986-5987-04-6

魔豆

魔豆